인생 2회 차,
축구의 신

# 인생 2회 차, 축구의 신 6

백린 현대 판타지 소설

초판 1쇄 찍은 날 § 2019년 12월 18일
초판 1쇄 펴낸 날 § 2019년 12월 25일

지은이 § 백린
펴낸이 § 서경석

총괄팀장 § 노종아
편집책임 § 강민구
디자인 § 소소연

펴낸곳 § 도서출판 청어람
등록번호 § 제387-1999-000006호
등록일자 § 1999. 5. 31
어람번호 § 제1-3070호

주소 § 경기도 부천시 부일로 483번길 40 서경B/D 3F (우) 14640
전화 § 032-656-4452 팩스 § 032-656-4453
http://www.chungeoram.com
E-mail § chungeorambook@daum.net



ISBN 979-11-04-92108-7 04810
ISBN 979-11-04-92040-0 (세트)

**백린** 현대 판타지 소설

MODERN
FANTASTIC
STORY

6

# 인생 2회 차,
# 축구의 신

VICTORY
인생 2회 차,
축구의
신

Contents

1
구단주

아시안컵 우승 후, 바로 영국으로 가려던 민혁은 좀 더 늦게 와도 된다는 벵거의 연락을 받고는 그들을 따라 한국으로 향했다. 그렇지 않아도 군사훈련만 받고 바로 아시안컵에 가야 했기에 아쉬움이 있었던 민혁이라 벵거의 호의를 굳이 거절하지 않은 것이다.

"엄마! 아저씨 왔어!"

"오빠라니까……."

민혁은 한숨을 쉬었다. 하기야 14살이나 차이가 나는 데다 일 년에 한 번을 볼까 말까 한 사이니 오빠라고 인식하기가 쉽진 않을 테지만, 그래도 동생에게 아저씨라는 말을 듣고 싶진 않았다.

"어, 왔어?"

"…그건 뭐예요?"

"넌 오이도 몰라?"

박순자 여사는 오이 팩을 떼어내며 민혁을 맞이했다. 예전이었다면 돈 아깝다며 팩을 몇 번이나 재활용했을 그녀였지만, 이번에 떼어낸 오이들은 그대로 음식물 쓰레기봉투로 들어갔다. 아마도 민혁이 보내주는 돈이 심적인 여유를 주는 것 같았다.

잠시 그녀를 보던 민혁은 몸을 반쯤 돌리고 문 앞을 가리키며 입을 열었다.

"근데 집 앞에 있는 건 뭐예요?"

"뭐?"

"현수막요."

민혁의 집 앞엔 '2007 아시안컵 MVP 윤민혁'이라는 글자가 적힌 현수막이 매달려 있었다. 국가대표로 처음 뽑혔을 때도 비슷한 현수막이 집 근처에 몇 개 걸리긴 했지만, 이번처럼 큼지막한 사이즈로 집 앞에 걸린 건 이번이 처음이었다.

"아, 그거?"

박순자 여사는 아무렇지도 않은 표정으로 질문에 답했다.

"난 그냥 조용히 있자고 했는데 재영이 엄마랑 부녀회 아줌마들이 이런 건 크게 알려야 된다고 성화를 부리잖아. 그래서……."

"엄마 저거 건다고 백만 원 썼잖아."

"너 조용히 못 해?"

민아는 입을 삐죽이며 고개를 숙였다. 바른말을 했는데 왜 그러냐는 기색이 드러나는 얼굴이었다.

"저런 거 걸지 마요. 잘못하면 집에 도둑 들어요."

"그래?"

"한국이 치안이 좋아서 다행이지. 영국이었으면 하루에 두세 번도 들었을걸요."

말을 하고 나니 새삼 느껴지는 부분이지만, 한국의 치안은 정말 놀라울 정도였다.

당장 1년 전인 2006년 6월, 리버풀의 골키퍼였던 두덱과 다니엘 아게르가 총 3대의 스포츠카를 도난당했고, 2007년에 들어선 피터 크라우치와 호세 레이나가 집 안을 탈탈 털리는 일이 있었다.

물론 리버풀이 유독 치안이 나쁜 도시로 유명하긴 했지만, 다른 도시들도 밤만 되면 아프리카 오지처럼 느껴지는 느낌마저 들곤 할 정도였다.

'하긴, 어린애들이 새벽에 골목에서 놀 수 있는 도시가 흔하

진 않지.'

민혁이 그런 생각을 하고 있을 때, 박순자 여사는 걱정스럽다는 표정으로 입을 열었다.

"너 그런 데서 사는 거야? 돈 아끼지 말고 좋은 곳으로 가!"

"제가 사는 곳은 치안 좋아요. 해만 안 떨어지면 서울하고 비슷하거든요."

"해 지면?"

"그럼 뭐……."

어깨를 으쓱했던 민혁은 박순자 여사의 표정이 나빠지는 걸 보고는 급히 말했다.

"근데 밤중엔 집에만 있어서 괜찮아요. 건물에 CCTV도 많이 있고."

"그래?"

"네."

"그래. 밤중에 쏘다니지 말고 집에 처박혀 있어. 운동해서 몸 좋아도 칼 들고 덤비는 미친놈 만나면 위험하니까."

"네네."

민혁은 영혼 없는 대답을 던지곤 궁금하던 것을 물어보았다.

"근데 민아 왜 여기 있어요? 학교는요?"

"오늘 토요일이잖아."

"아, 그랬지."

민혁은 뒤늦게 고개를 끄덕였다. 주 6일제가 적용되었던 시기에 국민학교에 들어간 자신과 달리, 동생인 민아는 주 5일제가 정착된 시기에 초등학교에 들어갔으니 토요일에 쉬는 게 당연했다.

"난 토요일에도 학교 갔었는데."

"아저씬 토요일에도 학교 갔어요?"

"오빠라니까."

하지만 민아는 좀처럼 오빠라는 말을 하지 않았다. 하기야 아직도 초등학교 저학년인 민아의 눈엔, 20대 중반에 들어선 민혁은 오빠보다는 아저씨에 가까울 터였다.

'하긴. 매일 보는 것도 아닌데 오빠라고 생각하는 게 더 이상하겠지.'

오빠 소리를 듣길 포기한 민혁은 한숨을 쉰 후 화제를 돌렸다.

"학원 안 가니까 좋아?"

"네!"

박순자 여사는 왠지 모르게 떨떠름한 표정을 짓고 있었다. 아직도 민아를 판검사로 만들겠다는 야망을 떨치지 못했는지, 학원을 안 가서 좋다는 딸의 말이 마음에 들지 않는 것 같았다.

민혁은 다급히 민아를 데리고 집으로 들어갔다. 자칫 말이 잘못 나왔다간 무슨 일이 생길지 모를 느낌이었다.

안으로 들어간 민혁은 지갑을 꺼내 민아에게 용돈을 주었다.

"참, 이거."

"고맙습니다!"

"쉿, 엄마가 들으면 뺏긴다."

"…쉿."

민아는 입에 검지손가락을 댄 후 마당 쪽을 살피곤 살금살금 걸어 방으로 향했다. 명절마다 받는 세뱃돈을 빼앗기고 돌려받지 못하던 기억이 뚜렷했기 때문이었다.

그런 동생을 보며 웃던 민혁은 바지 주머니에 넣어둔 핸드폰의 진동을 느꼈다.

"어라?"

화면엔 '주평이 아저씨'라는 글자가 떠 있었다. 한영 일보 편집장 최주평이었다.

"네, 전화 받았습니다."

—야, 인마. 한국 왔으면 나한테 연락을 해야지!

"8월 둘째 주까지 쉬어도 되니까 천천히 하려고 했죠."

—응? 너 프리시즌 안 뛰어?

"감독님이 그때까지 쉬어도 된대요."

—그래?

최주평의 목소리엔 의외라는 기색이 담겨 있었다. 선수의 사정 따위는 아랑곳하지 않는 한국의 감독들을 워낙 많이 접한 탓에 생긴 선입견이 원인이었다.

그 뒤로 민혁과 잡담을 나누던 그는 얼마 전 들은 이야기를 떠올리며 말했다.

—아, 참. 너 그 양반 소식 들었냐?

"누구요?"

—양주호 감독. 너 17세 이하 대표 팀 뛸 때 감독이었잖아.

"초등학교 때도 감독님이었어요. 근데 왜요?"

—그 양반 다 차려놓은 밥상 또 뺏겼더라고.

"…네?"

* * *

민혁은 부산으로 향하는 기차를 탔다. 양주호 감독이 마지막으로 머물렀던 장소가 부산이라는 이야기를 들어서였다.

물론 민혁이 그를 챙겨줘야 할 이유는 없었다. 하지만 모르는 사이도 아닌 데다가, 이번 생에서 축구를 시작할 때 어느 정도 도움을 받기도 했던 사람이라 마냥 모른 체하기도 그랬다.

"그나저나… 이번이 벌써 세 번째지?"

민혁은 부산으로 내려가는 KTX 안에서 쓴웃음을 지었다. 양주호가 경신 초등학교 감독을 할 때와 청소년대표팀 감독을 하던 시기 모두 이런 식으로 뒤통수를 맞았다는 걸 알고 있기 때문이었다.

거제도의 초등학교 감독으로 내려간 양주호는 거기서도 금세 두각을 드러냈다. 청소년대표팀 감독 출신이라는 꼬리표가 붙은 덕분에 학교의 지원을 빵빵하게 얻어낼 수 있었고, 그 결과 그가 감독으로 있던 상북 초등학교 축구팀은 지역 대기업의 지원을 받는 학교들을 모두 물리치고 경상남도 최고의 명문으로 성장할 수 있었던 것이다.

하지만 그는 이번에도 다 거둔 성공을 남에게 넘겨야 했다. 체면을 구긴 대기업 상무이사가 상북 초등학교를 산하 유스팀으로 들이는 조건으로 양주호를 해임할 것을 요구했고, 처음엔 거부하려 했던 상북 초등학교는 축구협회의 압박을 받고 그 요구를 들어주었다. 그 대기업 상무이사가 축구협회 간부를 겸임하고 있었기 때문이었다.

"하여튼 축구협회 사람들 정말 마음에 안 든다니까."

민혁은 투덜거렸다. 이런 식으로 자기 라인이 아니면 다 쳐내는 높으신 분들 때문에 능력 있는 사람들이 잘리는 거란 생각도 들었다.

하기야 그건 남의 이야기만도 아니었다. 민혁 자신도 바로 그 높으신 분 때문에 청소년대표팀에 오랫동안 들지 못했고, 베트남에서 열린 AFC 17세 이하 선수권대회에서 우승을 하고도 17세 이하 월드컵에 나가지 못했으니 말이다.

—이번 역은 이 열차의 종착역인 부산, 부산입니다. 내리실 때…….

민혁은 짐을 챙겨 의자에서 일어났다.

역에 내린 민혁은 최주평이 보내준 문자를 확인했다. 거기엔 학교에서 잘린 양주호가 머물고 있는 장소가 적혀 있었는데, 부산시 강서구에 있는 놀이동산에 딸려 있는 축구장 관리인으로 지내고 있다는 내용이 뒤쪽에 붙어 있었다.

그제야 그 내용을 읽은 민혁은 한숨을 쉬었다. 그래도 청소년대표팀 감독으로 국제 대회 우승까지 경험한 사람이 놀이동산에 붙은 축구장 관리나 하고 있는 게 말이 되는 소리냔 말이다.

"어디로 갈까요?"

"여기로 가주세요."

택시에 탄 민혁은 문자에 적힌 주소를 보여주었다. 기사는 주소를 슬쩍 보고는 곧바로 엑셀을 밟았고, 이내 악명 높은 부산 택시답게 카레이서를 연상시키는 주행이 시작되었다.

민혁은 부산 택시의 위엄을 느꼈다. 분명 자신이 탄 건 택시

인데 두 시간 동안 롤러코스터를 탄 것 같은 느낌이었다.

"무슨 택시가……."

목적지에 도착한 민혁은 어질어질한 머리를 붙잡고 중얼거렸다. 분명 차에 타고 있었는데 왜 이리 머리가 아픈지 모를 지경이었다.

잠시 벽을 붙잡고 정신을 수습한 민혁은 목적지에 제대로 도착했는지 확인해 보았다.

"뭐야, 여기 경마장이잖아."

당황하던 그는 간판 아래에 적힌 주소를 보고서야 상황을 이해했다. (구)부산 경마장이라는 글자 덕분이었다.

아마도 경마장이라는 이미지를 바꾸기 위해서 이름을 런파크(Run Park)로 바꾼 모양이었다.

'그래 봐야 눈 가리고 아웅이지만.'

민혁은 피식 웃었다. 이름을 바꿔봐야 경마장이라는 걸 다 알 텐데, 이러는 게 도대체 무슨 소용이란 말인가.

"어! 거기! 벽에 낙서하지 마요!"

"…네?"

경비원으로 보이는 남자가 안내 봉을 휘두르며 달려왔다. 황당함을 느낀 민혁은 가만히 멈춰서 그를 보았고, 경비원은 숨을 헐떡이며 달려와 민혁에게 윽박지르려다 벽이 깨끗한 걸 보고는 다급히 변명을 꺼냈다.

"아니… 얼마 전에 그래피티인가 그라비티인가 하는 미친놈들이 여기다 래커 칠을 마구 해가지고서 혹시 그쪽도 그런가 하고……."

"그런 거 아닌데요."

"아니, 뭐… 미안해요."

경비원은 머리를 긁으며 몸을 돌렸다. 자신이 잘못 본 게 명백하니 그러는 수밖에 도리가 없었다.

피식 웃던 민혁은 순간 든 생각에 다급히 그를 불렀다.

"잠깐만요!"

"아니, 미안하다니까……."

"혹시 양주호 감독님 어디 계신지 아세요?"

"응? 그 양반?"

경비원은 뜻밖이란 표정을 지었다. 양주호를 찾아올 사람이 있으리라곤 생각지 못했던 모양이었다.

"잠깐, 그러고 보니 그쪽도 어디서 본 것 같은데."

민혁은 어색하게 웃었다. 하지만 경비원은 끝끝내 민혁을 알아보지 못했고, 결국 양주호가 있는 장소만 알려주곤 몸을 돌렸다.

양주호가 있는 곳은 경마 공원 정면에 있는 대형 축구장이었다.

민혁이 그곳에 도착하자, 마침 잔디를 관리하고 있던 양주호가 민혁을 발견하고 입을 열었다.

"어라? 민혁이 아냐?"

"오랜만에 뵙네요."

민혁은 안심했다. 상심한 나머지 소주병을 들고 병나발을 불고 있지 않을까 하던 생각이 사라지는 순간이었다.

"표정이 왜 그러냐?"

"너무 멀쩡해서요."

"이 자식이……."

양주호는 슬쩍 인상을 썼다. 하기야 보통 직장에서 잘렸다고 하면 폐인이 되는 걸 생각하는 게 정상이니 이상할 것도 없는 대답이긴 했지만, 듣는 사람 입장에선 딱히 기분 좋을 이야기는 아니었다.

"아무튼 오랜만이다. 근데 여긴 어떻게 왔어?"

"감독님 뵈러 왔죠."

"뭐야, 일부러 찾아온 거야?"

"네."

"이 자식 이거……."

양주호는 감격한 표정으로 민혁을 보았다. 민혁으로서는 부담감이 엄청나게 느껴지는 모습이었다.

"밥은 먹었냐?"

"아뇨."

양주호는 시계를 힐끗 보았다. 마침 점심 식사를 할 시간이었다.

"따라와. 여기 갈치찌개 엄청 맛있게 하는 집 있어."

*　　　*　　　*

양주호의 호언장담은 과연 틀리지 않았다. 그가 민혁을 데려간 시장 골목의 갈치찌개집은 민혁이 평생 먹어왔던 갈치찌개들 중에서 세 손가락 안에 들어갈 만큼 맛이 있었다.

물론 민혁이 영국의 식단에 입이 익숙해져 버렸다는 걸 감안은 해야겠지만, 그렇더라도 집에 싸 가고 싶다는 생각이 들었다는 것만은 부정할 수 없었다.

"어때. 맛있지?"

"네."

굳이 영국 핑계를 대지 않더라도, 이 갈치찌개가 맛있는 갈치찌개임은 부정할 수 없었다. 아마도 멸치와 밴댕이를 우려뽑아낸 육수에 싱싱한 갈치와 양념장이 잘 조합된 덕분일 터였다.

"야, 거기 호박이랑 무도 맛있어."

"이거 호박 특이하네요? 보통 애호박 넣지 않아요?"

"그렇지? 나도 늙은 호박 넣는 건 여기서 처음 봤어."

양주호는 큼직하게 잘라 넣은 호박을 들었고, 민혁은 국물이 잘 스며든 무를 꺼내 밥 위에 올렸다. 양념과 육수가 잘 배어들어서인지 갈치보다 무가 맛있는 느낌이었다.

냄비가 바닥을 드러낼 때쯤, 포만감에 꺼억 소리를 내며 이를 쑤시던 양주호가 민혁을 돌아보며 입을 열었다.

"근데 진짜 나 보러 온 거냐?"

"그거 아니면 제가 여길 왜 와요."

무와 밥을 동시에 입에 넣고 우물거린 민혁은 그것을 삼킨 후 화제를 돌렸다. 그래도 청소년대표팀 감독으로 국제 대회 우승까지 했던 그가 경마장에 붙은 축구장 관리나 하는 게 이상했기 때문이었다.

"어쩌다 이런 곳에 오게 되신 거예요? 청소년대표팀 감독이셨으니까 부르는 데 많았을 텐데."

"야, 축협 간부한테 찍혔는데 누가 써줘."

"그렇게 자리가 안 나요?"

"그래. 예전부터 오라던 곳에 전화를 해봤는데 다들 자리가 찼다고 피하더라고. 하여튼 이놈의 축구판은 협회 눈 밖에 나면 되는 게 없다니까."

양주호는 아직 남아 있던 큼직한 갈치 한 토막을 앞접시에 내려놓곤 투덜거렸다.

"너도 청소년대표팀 때 느끼지 않았냐? 축구판 완전히 학연

지연 카르텔에 묶여 있는 거."

"그거야 그렇죠."

그 점은 민혁도 공감하고 있었다. 프리미어리그에서 나름 성공을 거둔 민혁이지만 한국에서는 연고 없는 이방인에 가까운 상태였다. 현재 박지석에 이어 한국에서 두 번째로 성공한 선수임에도 축구협회나 K리그 구단의 임직원들은 민혁에게 호의적이지 않았기 때문이었다.

"너도 조심해. 그놈들은 너도 자기들 밥그릇 뺏어 갈 사람으로 보고 있을 거니까."

"차 감독님처럼요?"

"그래. 그놈들이 너 보는 게 딱 그거야."

하기야 분데스리가에서 역대 최고의 용병으로 꼽히기도 했던 자국의 레전드를 월드컵 중간에 경질시켜 버린 게 대한민국 축구협회였다. 민혁이라고 다르진 않을 거란 이야기였다.

"그래도 그 양반은 고려대랑 공군 축구단으로 20대 중반까지 한국에서 뛰어서 수원 감독이랑 국가대표 감독도 한 거야. 너는 그런 거 하나도 없잖아."

"그렇긴 하죠."

민혁은 수긍했다. 어릴 때 벵거를 만나러 일본으로 건너갔던 자신이기에, 한국에서의 기반이라고 할 만한 건 하나도 없었다. 양주호를 빼면 17세 이하 청소년대표팀에서 만난 사람들 몇 명만이 민혁이 가진 한국 내 인맥의 전부였으니까.

"아무튼 너도 선수 생활 끝나고 나면 어떻게 할지 생각 좀 해둬. 영국에서 아예 쭉 살 거면 모르겠는데, 은퇴하고 한국 올 거면 나름 기반을 잡아둬야 돼. 안 그러면 너 계속 겉도는 신세 된다."

"음……."

양주호의 말에 고개를 끄덕인 민혁은 5분 정도 생각을 이어 가다 입을 열었다.

"그냥 구단 하나 살까요?"

"구단? 무슨 구단을 사?"

"대전에 시민 구단 있잖아요. 거기 재정난이라니까 그냥 제가 사버리면 될 것 같은데요?"

양주호는 입을 쩍 벌린 채 민혁을 보다 피식 웃었다. 농담이라 판단한 모양이었다.

"인마, 축구단이 무슨 동네 슈퍼인 줄 아냐."

"저 돈 많아요."

"너 돈 많이 버는 건 아는데 그거론 턱도 없어. 지분이야 어떻게 끌어모은다 쳐도 운영은 어떡할래? K리그 구단 죄다 적자다. 아무리 아껴도 1년에 20억, 30억씩 막 손해 보고 그래."

"괜찮아요. 축구단 하나 사서 운영할 돈은 있으니까."

"…영국에서 돈을 그렇게 많이 주냐?"

"아뇨, 주식 좀 했거든요."

"주식?"

민혁은 200억에 달하는 예금을 가지고 있었다. 8달러 선에서 꾸준히 모아왔던 애플 주식을 주당 82달러에 팔아치운 덕분이었다.

물론 그 예금의 절반은 곧 주가가 수직 상승할 모 기업의 주식으로 전환되어 있었지만, 어쨌거나 남은 돈으로도 그 회사의 주식이 상승할 때까지 버티기엔 충분했다.

양주호는 귀를 쫑긋하며 민혁에게 물었다.

"무슨 주식을 샀길래 돈을 그렇게 번 건데?"

"그냥 이것저것 샀어요."

"나도 주식이나 해볼까?"

민혁은 쓴웃음을 지으며 말했다.

"감독님은 하지 마요. 개미들은 100명 중 140명이 털리는 게 주식이니까."

"야, 전체가 100명인데 어떻게 털리는 게 140명이야?"

"그 100명 중에서 10명 이상이 주변 사람 인생까지 말아먹으니까요."

양주호는 흠칫했다. 그러고 보니 자신의 주변에도 계나 주식에 돈을 부었다가 패가망신한 사람이 한두 명이 아니었다.

민혁이야 돈을 잘 버는 프리미어리거니 주식을 하다 돈을 좀 날려도 별 상관 없겠지만, 백수나 다름없는 자신이 그랬다가는 낙동강 수온을 확인하게 될지도 모를 일이다.

주식에 대한 야망을 지워 버린 양주호는 화제를 돌렸다.

"그래도 당장 구단을 사는 건 무리야. 네가 200억 있어봐야 10년이면 끝장난다고. 기업 스폰 이런 거 안 붙고 운영할 수 있을 것 같아?"

"안 붙을까요?"

"시민 구단들이 왜 다 적자겠냐. 스폰이 안 붙으니까 그런 거지."

"그럼 결국 하지 말라는 거잖아요."

"아니지. 하지 말라는 게 아니라……."

"그럼요?"

양주호는 눈에 힘을 팍 주며 입을 열었다.

"내셔널 리그에 있는 팀을 사라."

"실업 축구요?"

"그래, 거기."

양주호는 평소 하던 망상을 점점 구체화시켰다. 세 번씩이나 어이없게 잘리면서 '내가 돈만 생기면 축구단 사서 운영하고 만다'라는 망상을 몇 번이나 했던 그였던지라, 순식간에 나름 합리적인 계획이 뚝딱뚝딱 세워졌다.

"내셔널 리그 팀 운영하다가 너 한국 올 때에 맞춰서 K리그로 올라가면 되지. 축구협회에서 K리그 팀 수 늘리겠다고 아등바등하잖냐. 너 서른 넘어서 한국 올 때 K리그로 옮기겠다고 하면 아마 좋아할걸? 마케팅 잘돼서 관중 늘어난다고."

"참, 지금 축협에서 K리그 팀 15개인가 16개까지 늘린다고 발표했었죠?"

"그래. 강원도에서도 내셔널 리그 팀 몇 개 합쳐서 K리그 팀 발족시킨다고 협상 중이잖아. 그거 잘 봐뒀다가 따라 하면 돼."

민혁은 고개를 끄덕였다. 양주호의 계획이 합리적이라는 생각이 들어서였다.

하기야 내셔널 리그 소속의 팀이면 연봉 부담은 K리그 구단의 절반에도 미치지 못할 터였다. 지역 자치단체와 협의를 거쳐 공동으로 운영하는 식으로 간다면 1년에 4~5억을 지불하는 것만으로도 운영이 가능하단 뜻이었다.

"그럼 감독님이 그것 좀 맡아주실래요? 구단주는 제가 하고 감독은 감독님이 하시고요."

"내가?"

"돈이랑 행정에 필요한 사람들은 제가 아스날 도움 받아서 보내 드릴게요. 감독님이 그 사람들 도움 받아서 구단 하나 인수해 주세요."

"아니, 내가 그걸 하겠다는 건 아니었는데……."

양주호는 당황했다. 신이 나서 이야기를 늘어놓긴 했지만 막상 눈앞에 닥치자 부담감이 확 밀려들었다. 할 줄 아는 거라곤 축구랑 축구 감독밖에 없는 자신이 그런 일을 맡는 건 무리라는 판단이 들었던 것이다.

"그냥 감독님은 얼굴 마담만 하다가 팀 인수하면 그때 감독하시면 돼요. 필요한 사람들은 제가 보내 드린다니까요."

"그, 그래?"

"네, 영국에서 코치들도 고용해서 보내줄게요. 한국어 할 줄 아는 사람들로."

"한국말 할 줄 아는 사람도 있어?"

"거기 사는 한국인들 중에도 코치 자격증 가진 사람 많아요."

민혁의 제안은 한 발 빼려던 양주호를 다시 끌어들였다. 하기야 이렇게 경마장에서 축구장 관리나 하는 것보다는 내셔널 리그 소속 팀 감독이 훨씬 나았다. 연봉도 연봉이지만 아무래도 밖에서 보는 이미지 차이가 크니 말이다.

결심을 굳힌 양주호는 추가적인 정보를 입에 담았다.

"그렇지 않아도 딱 맞는 팀이 하나 있는데……."

"어딘데요?"

"제천 시민 구단이라고, 원래 K리그에 올라가려다가 재정

문제 때문에 내셔널 리그에 들어가기로 한 팀이 있어. 거기로 하는 게 어때?"

"제천요? 충북?"

"그래, 거기. K리그 진입하려고 준비 많이 했더라고. 돈만 부어주면 지금 당장에라도 올라갈 수 있는 팀이니까, 그 팀 인수하고 계획은 세이브했다가 나중에 이대로 진행하면 될 것 같아."

민혁은 동의했다. 그 말대로라면 자신이 구매하기에 가장 적합한 구단일 터였다.

"근데 그건 어떻게 아셨어요?"

"내 선배 하나가 거기 감독으로 가려다가 포기했잖아. K리그 감독 되는 줄 알았는데 내셔널 리그 간다고 하니까 배 째고 튀었지. 술자리에서 얼마나 자랑을 하던지 눈꼴시어서 못 볼 지경이었는데 그렇게 되니까 속은 좀 시원하더라."

"뭐, 그럼 거기로 하죠. 아, 혹시 K리그 올라갈 때 제천을 연고지로 해야 되는 건 아니죠?"

"연고 이전 흔해. 팀을 그대로 두는 것도 아니고 재창단 식으로 가면 되니까 욕하는 사람도 별로 없을 거고."

"그래요?"

"어차피 욕할 놈들은 뭘 해도 욕해. 그런 놈들 신경 쓰면 수명만 줄어든다."

하기야 그 말도 일리는 있었다. 돈 한 푼 보태준 적 없으면서 욕하는 사람들은 째고 쌘 게 현실이니까.

"그럼 감독님이 추진해 주세요. 계좌번호는 문자로 주시고요."

"무슨 계좌번호?"

"그쪽이랑 접촉하려면 비용 들 거 아니에요. 착수금 드려야죠."

"인마, 착수금은 무슨 착수금이야. 됐어."

"엎어지면 감독님 돈만 날리는 건데요?"

"…얼마나 줄 거냐?"

민혁은 피식 웃고는 핸드폰 번호를 불러주었다.

"일단 계좌 보내주시면 적당히 보내 드릴게요."

"잠깐만. 그러니까 내 계좌가 농협……."

"기억 못 하니까 문자로 보내주세요."

"알았다."

양주호는 핸드폰을 꺼내 계좌번호를 찍어주었다.

"그럼 저 올라갈게요."

"그래, 잘 가라."

"아, 돈은 내일쯤 들어갈 거예요."

"알았어. 알았으니까 걱정 말고 올라가서 쉬어."

그렇게 서울로 올라간 민혁은 착수금 조로 1,000만 원을 양주호의 계좌에 입금했다. 거래가 성사되면 계약금을 넣어야 할 계좌와 계약서를 받을 주소는 문자로 남겼고, 양주호는 자신만 믿으라며 호언장담을 한 후 충북으로 향했다.

그로부터 일주일 후, 민혁은 양주호에게서 온 전화를 받았다.

"네, 감독님. 무슨 일이세요?"

양주호는 핵심만 간단하게 말했다.

—샀다.

*　　*　　*

—안녕하세요. 참복음 교회입니다. 저희가 이번에…….

민혁은 곧바로 전화를 꺼버렸다. 이런 전화를 어찌나 많이 받았던지 노이로제가 생길 지경이었다.

"아오, 진짜 무슨 거지새끼들인가."

민혁은 짜증을 터뜨렸다. 제천 시민 구단 인수 소식이 전해지자 온갖 곳에서 기부를 요구하는 전화와 메일이 밀려든 까닭이었다.

그중에서 가장 민혁을 화나게 했던 건 지방에 있는 모 야구단이었다. 마치 맡겨놓은 돈을 찾아가려는 것처럼 당당히 10억을 보내줘야겠다고 말한 것이다.

"도대체 야구단이 뭐가 아쉬워서 10억이나 달라고 지랄들인데?"

그는 도저히 이해할 수 없다는 표정을 지었다. 비인기 종목인 핸드볼 같은 거라면 모를까, 기업 스폰에 TV 중계권료까지 엄청나게 받아 챙기는 야구단에서 기부를 요구하는 건 날강도와 다를 게 뭐란 말인가.

그건 비단 전화만의 이야기가 아니었다. 며칠 전까지만 해도 민혁의 집 앞엔 온갖 종교 단체나 봉사를 표방하는 정체불명의 단체에서 나온 사람들이 텐트까지 친 채 버티고 있었다.

그들은 경찰이 오고 나서야 해산을 했는데, 그 와중에 일부 종교 단체 사람들이 텐트 지지대로 경찰을 후려쳐 두 명이 병원에 실려 가는 일까지 있었다.

결국 집에 찾아오는 이상한 놈들과 계속되는 전화에 불안해진 가족들은 아예 한국을 떠났다. 이민은 아니고 두 달짜리 장기 여행이었다. 그래도 그 정도는 되어야 이런 전화가 좀 줄어들지 않을까 싶었던 것이다.

"도대체 전화번호는 어떻게 안 거야?"

민혁은 다시 한번 짜증을 터뜨렸다. 그러자마자 핸드폰이 우렁차게 울렸다. 정말이지 공교로운 타이밍이었다.

우렁차게 울리는 핸드폰을 노려본 민혁은 분노를 터뜨리려다 화면을 보고 간신히 참았다. 화면에 표시되는 발신자가 아는 사람인 까닭이었다.

"주평이 아저씨네."

민혁은 숨을 한 번 뱉고는 전화를 받았다.

"네, 무슨 일이세요?"

—요즘 이상한 놈들 달라붙는다며? 괜찮아?

"안 그래도 죽겠어요."

민혁은 거의 20분이나 하소연을 이어갔고, 듣다 못한 최주평은 하소연이 잠깐 끊긴 틈을 타 말을 꺼냈다.

—이제 돈 없다고 인터뷰 좀 하지 그래? 이왕이면 빚도 좀 있다고 하고.

"빚 없는데요."

—그럼 대충 1억 원 정도 빌리고 서류 좀 끊어봐. 그거 사진 찍어서 기사로 내줄게.

피식 웃었던 민혁은 갑자기 심각한 표정을 지었다. 생각해 보니 제법 괜찮은 방법이었다.

"한 10억쯤 빌릴까요?"

—은행에서 그만큼 빌려줘?

"예금이 훨씬 많으니까 빌려주겠죠?"

—얼마나 있는데?

"…그걸 왜 알려고 해요."

—돈 엄청 많은가 보네. 부럽다 야.

최주평은 짤막하게 부러움을 토로한 후 말을 이었다.

—아무튼 대출 받은 다음에 서류 준비해서 전화해. 기자 한 명 보내줄 테니까.

"나중에 밥 한번 살게요."

—난 됐고, 기사 써줄 기자한테나 크게 쏴라.

"네네."

통화는 거기서 끝났다. 민혁으로서는 사막에서 오아시스를 찾은 듯한 느낌이었다.

핸드폰을 내려놓은 민혁은 곧바로 옷을 챙겨 입고는 신분증과 도장을 들고 은행으로 향했다.

* * *

"이 기자, 오늘 시간 있어?"

"네?"

이아영은 불안한 표정으로 최주평을 보았다. 이렇게 평온한 목소리로 자신을 부를 땐 뭔가 속셈이 있다는 걸 알고 있기 때문이었다.

"시간 있냐고."

"저 내일 광양 가봐야 돼서 준비할 거 많아요."

"광양? 광양은 왜?"

"K리그 경기 있잖아요."

"아……."

최주평은 고개를 돌렸다. 이번 타깃은 그녀의 앞자리에 앉아 있는 한석준 기자였다.

"야, 한석준."

"편집장님, 왜 아영이는 이 기자고 전 왜 한석준인데요?"

"넌 밉상이잖아 인마. 아무튼 지금 시간 있냐?"

"저 다음 달에 결혼하잖습니까. 추가 근무 못 합니다."

"야 인마, 너 한 달 반이나 남은 결혼이 중요해, 아니면 당장 닥친 일이 중요해?"

"그야 결혼이죠. 인생에 한 번 있을 이벤트인데."

최주평은 한심하다는 표정으로 그를 보았다.

저렇게 좋아 죽는 나날이 얼마나 될까.

"그래, 지금 맘껏 즐겨라. 신혼 끝나면 아주 지옥 시작이니까."

"아무리 부러워도 저주를 하시면 안 되죠."

"시끄러. 내 말이야!"

퉁명스레 대답한 그는 다른 기자들을 찾아보았다.

하지만 사무실에 남아 있는 사람은 최주평과 이아영, 그리고 한석준이 전부였다. 다른 기자들은 아침나절부터 취재를 나가 버렸기 때문이었다.

한숨을 푹푹 쉰 최주평은 옷을 챙기며 투덜거렸다.

"그냥 내가 간다, 내가 가."

"처음부터 그러셨으면 됐잖아요."

"시끄러!"

버럭 소리를 지른 최주평은 챙긴 옷을 걸치고 계속해서 투덜거렸다.

"저것들은 저녁 한 끼 근사하게 얻어먹을 기회 주려고 했더니 그걸 다 걷어차네."

"네?"

그 말이 끝나기 무섭게, 머리를 숙이고 있던 한석준이 갑자기 손을 번쩍 들며 입을 열었다.

"그거 그냥 제가 가겠습니다."

"너 결혼 준비해야 된다며. 갑자기 준비 늦게 해도 될 것 같아졌냐?"

"요즘 결혼식장 알아본다고 여기저기 돌아다니느라 지갑에 구멍이 날 지경이거든요. 밥다운 밥 먹어본 게 거의 한 달 전입니다."

"됐어 인마. 꺼져."

최주평은 한석준을 매몰차게 차버리곤 의자를 밀어 넣었다.

"그럼 나 인터뷰 갔다가 바로 퇴근할 거니까, 사장 놈 와서 나 찾으면……."

최주평은 말을 끊었다. 우렁차게 울리는 핸드폰 액정엔 와이

프라는 글자가 떠올라 있었다.

"어, 서진 엄마. 무슨 일이야?"

무심코 부인에게 온 전화를 받은 최주평의 표정이 일그러졌다. 돌발 상황이란 건 언제나 마음에 들지 않았다.

"아니, 그걸 왜 지금 말해? 알았어. 끊어."

그는 통화를 끝내고 핸드폰을 넣으며 이아영을 바라보았다.

"이 기자. 오늘 인터뷰 좀 가."

"제가요?"

"응."

"한 선배 가고 싶다잖아요. 선배님 보내세요."

"싫어, 내가 저놈 희희낙락하는 꼴 보기 싫어서라도 저놈은 안 보내."

"저 내일 광양 가야 되는데요?"

최주평은 한숨을 내쉬곤 입을 열었다.

"광양 내가 갈 거니까, 이 기자는 오늘 인터뷰나 제대로 해서 기사 잘 뽑아. 알았지?"

"네."

이아영의 표정이 금세 밝아졌다. 갑작스럽게 인터뷰를 받아와야 한다는 건 기피할 만한 일이었지만, 그래도 지방으로 출장 가는 것보다는 훨씬 나았다.

"편집장님 진짜 너무하신 거 아닙니까?"

"시끄러. 넌 가서 식장이나 찾으면서 뺑뺑이나 쳐."

한석준은 입을 삐죽거렸다. 하기야 자기도 잘한 건 없지만 이렇게 푸대접을 받아도 되나 싶은 느낌이었다.

이아영은 수첩을 꺼내며 질문을 던졌다.

"어디로 가면 돼요?"

"응?"

최주평은 머리를 긁었다. 인터뷰를 하자는 말만 하고 장소를 정하지 않은 것이다.

"내가 연락 오면 문자로 알려줄 테니까, 일단 퇴근해서 옷 갈아입고 기다리고 있어."

"옷을요?"

"그 꼴로 인터뷰 갈래?"

"제 꼴이 어디가 어……."

이아영은 입을 다물었다. 그러고 보니 온종일 내근이라 추리닝에 가까운 복장으로 출근했던 그녀였다.

"그 꼴로 가면 회사 망신이야. 알지?"

"회사보다 제가 더 문제죠!"

"알면 좀 제대로 챙겨 입고 나가. 아무튼 나 간다."

최주평은 다급히 사무실을 나섰다. 아무래도 부인에게 잡혀 사는 게 아닌가 의심될 정도로 빠른 걸음이었다.

그가 밖으로 나가자마자, 한석준 기자는 이아영을 바라보며 입을 열었다.

"이 기자. 그거 내가 가면 안 될까?"

"선배님이 인터뷰 가버리면 저 내일 광양 가야 되잖아요."

"……."

한석준은 고개를 떨궜다. 하기야 이아영이 인터뷰를 가지 않았다는 걸 최주평이 알게 되면 광양행만으로 끝나지는 않을 터였다.

한숨을 내쉰 그는 힘없이 말했다.

"그래. 잘 다녀와."

* * *

'아, 고기 얹힐 것 같아.'

이아영은 작게 자른 스테이크를 입에 넣고 우물거렸다. 하지만 앞에 앉은 상대방의 반응 때문에 고기 맛이 제대로 느껴지지 않았다. 자꾸만 신경이 그쪽에 쏠렸기 때문이었다.

"저기요."

"네, 네?"

"제가 뭐 잘못했어요?"

그녀의 앞에 앉은 민혁은 어색한 표정으로 고개를 저었다. 하지만 그 모습이 어찌나 어색하던지, 이아영은 혹시 자기가 전생에 민혁을 죽이기라도 한 거 아닌가 하는 의심까지 하고 있었다.

'주평이 아저씬 왜 또 이 사람을 내보낸 거야.'

민혁은 민혁대로 긴장하고 있었다. 물론 다른 사람이라는 건 알고 있지만, 어릴 적 자신을 스토킹해 공포에 떨게 했던 여아와 너무 닮았기 때문이었다.

그걸 알 리 없는 이아영은 나이프와 포크를 내려놓고는 질문을 던졌다.

"그런데 왜 자꾸 시선을 피해요?"

"아니, 뭐… 얼굴 빤히 바라보고 말해야 하는 건 아니잖아요."

"그래도 얼굴을 보고 말을 해야 전달이 잘되죠."

민혁은 그 말을 듣고도 시선을 피했다. 그 이해할 수 없는 반응에 미간을 좁혔던 이아영은 못마땅한 표정으로 민혁을 보다, 반쯤 장난을 섞어 입을 열었다.

"혹시 내가 너무 예뻐서 그래요?"

"…네?"

민혁은 어처구니없다는 표정을 지었다. 이번엔 노골적일 정도로 그녀를 빤히 보는 바람에 이아영이 민망해질 지경이었다.

"자, 잘만 보네요."

"……."

"농담이었거든요!"

민혁은 곧바로 수긍함으로써 이아영의 자존심에 상처를 내었다.

'학교 다닐 때 나 좋다는 남자가 한 트럭이었는데!'

솔직히 말해서 한 트럭은 오버지만 열 손가락이 부족할 정도는 됐다. 현실에 치이느라 데이트 한번 제대로 못 해본 신세긴 했지만 말이다.

"아무튼! 자꾸 그러니까 고기가 얹히잖아요!"

"아니, 뭐……."

민혁은 어색한 표정으로 또다시 시선을 피했다. 이아영을 울컥하게 만드는 반응이었다.

'후… 참자.'

그녀는 애써 화를 눌렀다. 그래도 비싼 스테이크를 얻어먹는 상황에서 계속 화를 낼 수는 없지 않은가.

다시 포크와 나이프를 잡은 이아영은 고기가 담긴 접시를 바라보며 입을 열었다.

"혹시 이번에도 기사 써 오셨어요?"

"네?"

"지난번에 기사 대신 써주셨었잖아요. 저보다 잘 쓰시던데요?"

"어… 주평이 아저씨 나올 줄 알고 안 썼죠. 이럴 줄 알았으면 써 올 걸 그랬네요."

이아영은 한 번 더 울컥했다. 자신이 말을 꺼내긴 했지만 실력을 의심받는 느낌이라 기분이 나빴다.

"저도 이제 기사 잘 쓰거든요."

"아, 네."

민혁은 영혼 없는 표정으로 고개를 끄덕였다. 그걸 보고 부르르 떨던 이아영은 남은 스테이크를 한 번에 먹어치우고는 입을 열었다. 빨리 일을 끝내고 여기서 나가야겠다는 의지가 보이는 모습이었다.

"아무튼, 오늘은 어떤 기사 쓰면 되는 거예요? 편집장님이 이번에도 아무 말씀을 안 해주셔서요."

"이거 가지고 쓰시면 돼요."

민혁은 가방에서 대출 서류와 제천 시민 구단 인수 계약서를 꺼내 그녀에게 내밀었다.

"응? 대출 날짜가 왜 다 오늘이에요?"

이아영은 고개를 갸웃했다. 그래도 스포츠부 기자인 그녀라 민혁이 제천 시민 구단을 인수한 게 닷새 전의 일임을 알고 있었기 때문이었다.

"그게요……."

민혁은 한숨을 쉬며 상황을 설명했다. 이야기를 듣던 이아영은 부러움과 어처구니없음이 반반씩 섞인 표정으로 그를 빤히 바라보다 카메라를 꺼내며 입을 열었다.

"그 서류 좀 겹쳐주세요. 날짜 안 보이게요. 네, 그렇게."

그녀는 다섯 장의 사진을 찍고는 자리에서 일어나 입을 열었다.

"기사는 아마 다음 주에 나갈 거예요. 그러니까 조금만 더 참아요."

"네."

하지만 민혁의 표정은 밝지 않았다. 그 이유가 궁금해진 이아영은 고개를 갸웃하다, 혹시나 하는 생각에 민혁을 바라보며 장난스레 말했다.

"왜요? 기사 이상하게 나갈까 봐 불안해요?"

민혁은 지난번에 보았던 그녀의 기사 초안을 떠올리곤 고개를 끄덕였고, 또 한 번 주먹을 꽉 쥐고 부르르 떤 이아영은 이를 갈며 말했다.

"고깃값만큼은 할 거니까 걱정하지 마세요."

* * *

민혁은 한영 일보 기사를 보며 혀를 내둘렀다. 분명 사실만 적절하게 기록되어 있지만, 이 기사만 보면 민혁이 아스날과의 계약을 담보로 돈을 바득바득 끌어모아서 축구단을 인수한 것처럼 보였다. 군데군데 몇 가지 사실이 빠진 채 기록되어 있었기 때문이었다.

쉽게 말해서, 전형적인 '거짓말은 하지 않았다'라는 식의 기사였다.

"이래서 기자들이 무서운 거지."

혀를 내두른 민혁은 기사를 보던 핸드폰을 거실 테이블에 내려놓고 드러누웠다. 그래도 이 기사 덕분에 집 앞에 진을 치고 있던 종교 단체의 절반이 썰물 빠지듯 빠진 건 기분 좋았다.

물론 아직 완벽하진 않았다. 기사를 못 본 사람들과 기사를 보고도 믿지 않는 사람들이 아직 집 앞을 배회하고 있었으니까.

그래도 이만하면 나름 성공적이었다. 적어도 골목이 제대로 보일 정도는 되니까 말이다.

'진작 이럴걸.'

민혁은 핸드폰으로 웹 서핑을 시작했다. 찾아보는 건 축구와 관련된 콘텐츠들이었다.

그가 그렇게 망중한을 보내고 있을 때, 테이블에 내려놓았던 핸드폰이 울렸다.

"네, 윤민혁입니다."

—기사발 좀 있냐?

"효과 좋네요."

민혁은 소파에서 일어나 밖을 보았다. 확실히 시간이 지남에 따라 집 앞이 점점 휑해져 가는 느낌이었다. 진을 치고 있던 사람들이 한영 일보의 기사를 보고 하나둘씩 떠나고 있었던 것이다.

—근데 너 인터뷰할 때 무슨 일 있었냐?

"아뇨, 왜요?"

—이 기자가 엄청 투덜대던데? 너 굉장히 이상한 놈이라면서.

"욕은 안 했죠?"

—모르지. 나 안 듣는 데선 했을지도.

민혁은 습관처럼 어깨를 으쓱했다. 하기야 그날 상황을 생각하면 욕을 하더라도 순순히 받아야 할 느낌이었다.

—근데 너 영국은 언제 가냐?

"내일요."

—야, 그럼 나 밥 한번 사주라. 기사도 띄워줬잖아.

"네?"

—나 어젯밤부터 아무것도 못 먹었어. 배고파 죽겠다.

"왜요? 사모님이랑 싸우셨어요?"

핸드폰에선 아무 소리도 나오지 않았다. 농담으로 한 말이 사실에 부합했던 모양이었다.

잠깐 당황하던 민혁은 재빨리 입을 열었다.

"지금 시간 되세요?"

—어, 돼.

"그럼 제가 한영 일보 앞으로 갈게요."

―와서 전화해라.

통화를 끝낸 민혁은 옷을 챙겨 입고 밖으로 나갔다. 아직도 아쉬운 듯이 집을 훔쳐보는 사람들 때문에 흠칫한 그는 콜택시를 불러 타고 도망치듯 떠났다. 도대체 언제쯤 되어야 저런 인간들이 사라질지 궁금할 지경이었다.

"한영 일보로 가주세요."

"한영 일보요?"

"네, 주소가 아마 종로구 명륜동……."

기사는 주소를 다 듣고는 엑셀을 밟았다. 나름 빠르게 움직이는 것 같은데도 어쩐지 성에 차지 않는 느낌이었다. 아무래도 부산 택시와 비교가 되기 때문인 모양이었다.

새삼 그때의 기억이 떠오른 민혁은 눈을 감고 고개를 저었다. 다시 부산으로 가게 되더라도 택시는 타지 않겠다는 결심을 굳히는 순간이었다.

그로부터 약 한 시간이 지날 무렵, 택시는 목적지 근방에서 빙빙 돌았다.

"…그냥 여기서 내려주세요."

민혁은 요금을 지불하고 내리며 중얼거렸다. 한국에 올 때마다 느끼는 거지만, 영국 택시비는 정말 살인적이었다.

내린 곳에서 광화문 쪽으로 조금 걸어간 민혁은 한영 일보 건물을 발견하고 전화를 들었다.

"네, 다 왔어요."

—잠깐만 기다려. 차 몰고 나갈게.

"그냥 이 근처에서 먹죠?"

—이 근처?

민혁은 눈앞에 보이는 레스토랑의 이름을 입에 담았다.

—야, 거기 비싸.

"괜찮아요."

—하긴. 축구선수 돈 잘 벌지.

순식간에 수긍한 최주평은 한마디를 보태며 전화를 끊었다.

—한 명 더 데리고 간다.

"네?"

민혁은 고개를 갸웃했다. 하지만 전화는 이미 끊어져 있었다.

그로부터 몇 분이 지나갈 무렵.

민혁의 눈은 미세하게 떨리고 있었다.

* * *

"야, 야. 니들 왜 그렇게 시선 피하고 있어? 누가 고백했다 차였냐?"

"아닙니다."

"아니거든요!"

최주평은 피식 웃으며 말을 이었다.

"죽이 아주 잘 맞네."

"……."

민혁과 이아영은 못마땅한 표정으로 그를 보았다. 이 좋은 날 왜 이런 곳에서 어색함에 휩싸여 식사를 해야 하느냐는 생각만 머릿속을 맴돌았다.

그런 생각을 읽기라도 했는지, 최주평은 포크를 들며 입을 열었다.

"앞으로 자주 볼 사이들인데 계속 그렇게 있을래? 뭐 잘못한 것도 없으면서 분위기가 왜 그래?"

"아니, 뭐……."

민혁은 대충 얼버무렸다. 차마 어릴 적 자신을 쫓아다니던 스토커와 닮아서 그런다고 말할 수는 없었다.

"근데 딱히 자주 볼 일은 없을 것 같은데요."

"왜 없어. 너 구단 샀으면 나중에 한국으로 오겠단 거잖아."

"그렇긴 하죠."

그 나중이라는 게 아마 7~8년 후긴 하겠지만.

"그럼 기자들하고 친해져야지. 우리 이 기자가 기사를 좀 못 써서 그렇지……."

"저 이제 기사 잘 쓰거든요!"

"풋."

최주평은 우렁차게 코웃음을 침으로써 이아영을 좌절시켰다. 하기야 편집장까지 오른 사람이 보기엔 아직 솜털도 안 벗겨진 햇병아리 수준일 테니, 그녀로선 딱히 반박을 할 방법도 없었다.

"헛소리 그만하고 밥이나 먹어. 여기 엄청 비싼 거 알잖아."

"네……."

이아영은 깨작깨작 고기를 씹었다. 어쩐지 고기를 씹는 모습에서 분노가 느껴지는 듯했다.

괜히 움찔한 최주평은 민혁을 바라보며 물었다.

"야, 민혁아. 여기 술 없냐?"

"메뉴판 보세요."

그는 메뉴판을 펼쳤다. 하지만 있는 건 다섯 종류의 와인이 전부였다. 술이라면 모름지기 독해야 한다는 그의 관점에선 있을 수 없는 이야기였다.

"소주는 없겠지?"

"메뉴판에 없으면 없겠죠."

"와인은 너무 약한데."

"소주보다 도수 높은 것도 많아요."

"그래?"

최주평은 메뉴판을 한참이나 보았다. 하지만 와인의 이름만 보고는 도대체 그게 어떤 와인인지 알 수 없었다.

이름으로 와인을 파악하길 포기한 그는 끌리는 이름을 발견하곤 민혁에게 물었다.

"글랜드로냐 이거 뭐냐?"

"마데이라 와인이네요."

"알아?"

"들어는 봤어요. 그거 엄청 독하다던데요?"

"그래?"

그는 입맛을 다셨다. 이럴 때가 아니면 언제 이런 술을 마셔 보겠나.

"마셔본 적은 없다 이거지?"

"네, 저 술 안 마시거든요."

"그럼 이걸로 하자."

최주평은 웨이터를 바라보며 손을 들었다.

"이거 한 병 주세요."

"마데이라 글랜드피냐 말씀이신가요? 이거 상당히 독한데……."

웨이터는 살짝 당황하며 글랜드피냐에 대해 설명해 주었다. 멋모르고 주문을 했다가 항의를 하는 손님들이 제법 있었던 모양이었다.

'46%면 안동 소주랑 동급이잖아.'

웨이터의 설명을 들은 민혁은 떨리는 눈으로 최주평을 바라보았다.

이번 생에선 술을 아예 입에 대지 않았던 민혁이지만, 회귀 전 IRC 소프트에서 일할 때 부장이 가져온 안동 소주 한 잔을 마시고 인사불성이 되었던 동료들을 많이 봤던 그였다.

민혁 자신도 그때 두 잔까지는 버텼지만 세 잔은 도저히 안 되겠다며 고개를 저었던 기억이 있는지라, 알코올 도수 46%란 설명을 듣고는 정말 이걸 마실 거냐는 표정으로 최주평을 보았다.

"왜?"

"다른 거 마시면 안 돼요?"

"인마. 그럴 거면 술을 왜 마셔?"

최주평은 민혁에게 핀잔을 준 후 웨이터를 돌아보며 주문을 추가했다.

"이거 한 병이랑 잔 세 개 주세요."

"저, 저도요?"

"이런 데 왔으면 마셔봐야지. 딱 한 잔만 해."

이아영은 울상이 된 표정으로 잔을 받았고, 민혁은 사약을 받는 얼굴이 된 그녀를 보며 입을 열었다.

"마시기 싫으면 마시지 마요. 술 그거 좋은 것도 아닌데."

그녀는 울컥했다. 민혁은 나름 챙겨준다고 한 말이지만, 같은 말이라도 누가 하느냐에 따라 다르게 느껴지는 법이었다.

그렇지 않아도 밉상이던 민혁이 그렇게 말하자, 왠지 '술도 못 마시는 멍청이' 같은 느낌으로 다가온 것이다.

"마실 거예요!"

"아, 네……."

민혁의 성의 없는 리액션은 이아영의 화를 한층 더 북돋았다. 말릴 거면 제대로 말릴 것이지, 도대체 저게 뭐란 말인가.

조용히 이를 간 그녀는 최주평을 향해 잔을 내밀며 힘차게 말했다.

"편집장님, 저 한 잔 주세요."

"어? 어, 그래."

최주평은 받아 든 와인을 그녀의 잔에 따랐다.

홧김에 술을 받았던 이아영은 찰랑이는 수면을 보고는 정신을 차렸다. 하지만 여기서 발을 빼면 정말 꼴이 우스워질 것 같아서, 그녀는 눈을 딱 감고 잔을 비워 버렸다. 최주평이 놀랄 만큼 깔끔한 원샷이었다.

"이 기자 술 잘 마시네?"

"별거 아닌데요?"

"그래?"

최주평은 자신의 잔에 와인을 따라 마셔보았다.

"어우, 독하네. 이걸 어떻게 원샷을 했대?"

이아영은 말없이 고기를 잘랐다. 최주평은 그녀에게서 고개를 돌려 민혁을 보고는 와인병을 들었고, 민혁은 사약을 받는 심정으로 잔을 내밀었다.

"마셔봐."

"저 운동하느라 술은 좀……."

"여자도 마시는데 피하겠다고?"

"…마실게요."

술을 넘긴 민혁은 인상을 썼다. 그래도 소주보단 낫지만 알코올의 쓴맛은 도저히 익숙해질 것 같지 않았다.

"한 잔 더 마실래?"

"아뇨. 이것도 다 못 마시겠는데요."

피식 웃은 최주평은 와인병을 내려놓고 민혁에게 물었다.

"야, 근데 너 왜 이 기자 보는 눈이 이상하냐?"

"네?"

"누가 보면 네가 이 기자한테 죄지은 줄 알겠어."

그 말이 나오자마자, 가만히 고기를 썰던 이아영이 고개를 번쩍 들며 입을 열었다.

"지었죠!"

"응?"

"네?"

민혁과 최주평은 당황하며 그녀를 보았다. 그러자 이아영은 왠지 초점이 흐려진 눈으로 그들이 있는 쪽으로 고개를 돌렸고, 살짝 고개를 갸웃하곤 나이프를 들어 브로콜리를 썰었다.
"뭐 해?"
"고기 잘라요."
최주평은 입을 벌렸다. 아무리 그래도 브로콜리와 고기를 구별 못 하는 건 좀 심했다.
"…이 기자. 혹시 취했어?"
"안 취했거든요오오오."
"취했네."
그는 고개를 절레절레 저었다. 좀 술이 독하긴 하지만 한 잔을 마시고, 그것도 마신 지 5분도 되지 않아서 취해 버릴 줄은 꿈에도 몰랐다.
"술 깰 때까지 좀 쉬고 있어."
"안 취했다니까요."
혀가 살짝 돌아간 느낌으로 말한 그녀는, 이번엔 민혁을 노려보며 입을 열었다.
"도대체 왜 그래요?"
"네?"
"내가 뭘 했길래 나만 보면 바퀴벌레 본 것 같은 표정을 짓냐고요."
민혁은 주변을 둘러보며 검지로 입을 가렸다. 점점 이아영의 목소리가 높아져 가는 것 같은 느낌이라 눈치가 보였다.

"도대체… 읍!"

"이 기자. 목소리 낮춰."

이아영은 입을 막은 최주평의 손을 잡고 버둥거렸다. 그러다 안 되겠는지 최주평의 손가락을 아예 물어버렸고, 간신히 비명을 참은 그는 이아영을 흔들어 정신을 빼놓고는 민혁을 바라보며 입을 열었다.

"완전히 취한 것 같지?"

"네."

최주평은 한숨을 쉬었다. 아무래도 사무실에 데려다 놓고 술이 깨도록 해야 할 것 같았다.

"안 되겠다. 나가자."

2
2007-08 시즌

민혁은 핸드폰을 보고는 피식 웃었다. 이아영에게서 무려 열두 개나 되는 문자가 왔기 때문이었다.

[진짜 취해서 그런 거라니까요! 잊어요 좀!]

그는 마지막 문자를 확인하곤 어깨를 으쓱했다. 아무래도 최주평이 한참 이아영을 놀려대고 있는 모양이었다. 그렇지 않고서야 이렇게 문자가 마구 날아들 까닭이 없으니 말이다.

민혁이 그런 생각을 하고 있을 때, 슬쩍 다가온 투레가 어깨에 팔을 걸치며 말했다.

"윤, 오늘 컨디션 좋아 보이네?"

"잘 쉬다 와서 그렇죠."

민혁은 별일 아니라는 반응을 보였다. 고개를 갸웃한 투레는 어깨 너머로 민혁의 핸드폰을 확인했지만, 안타깝게도 한글을 모르는지라 떠오른 글자를 읽을 수 없었다.

"뭐라고 적혀 있는 거야?"

"이번 시즌에 우승하래요."

"…해야지."

투레는 급 시무룩해진 얼굴로 한숨을 쉬었다. 그 역시 앙리가 바르셀로나로 이적해 버린 충격을 아직 지우지 못하고 있는 것 같았다.

그건 비단 투레만의 문제가 아니었다. 앙리의 이적으로 기회가 생긴 아데바요르와 반 페르시까지도 어딘가 영혼이 나간 것 같은 표정을 짓는 일이 종종 있었다. 그만큼 앙리가 아스날에서 차지하는 비중이 컸다는 이야기겠지만, 이렇게까지 분위기가 나빠서야 좋을 게 없었다.

"그래도 풀럼이랑 해서 이겼잖아요."

"풀럼이야 약팀이고. 블랙번이랑 비겼는데 웃을 일이 아니지."

민혁은 차분히 고개를 끄덕였다. 하지만 사실 큰 걱정은 없었다. 본래의 아스날이 2007—08 시즌에 시즌 막판까지 1위를 달렸다는 걸 알고 있는 민혁이기 때문이었다.

'두두가 부상만 안 당하게 하면 우승하겠지.'

민혁은 멀리서 몸을 풀고 있는 에두아르도 다 실바를 바라보았다. 두두라는 애칭으로 불리는 그가 버밍엄 시티와의 경기에서 당한 부상이 아스날을 추락시켰다는 걸 아는 민혁인지라, 그를 버밍엄 시티전에서 내보내지만 않아도 문제가 거의 사라질 거라는 생각을 하고 있었다.

물론 그걸 결정하는 건 어디까지나 감독이지만, 의견 정도는 낼 수 있을 터였다.

그런 생각을 하며 훈련장에 들어온 민혁은 눈을 깜박이며 반대편을 빤히 보았다. 여기 있으면 안 되는 사람이 있기 때문이었다.

"쟤가 왜 저기 있어요?"

"누구?"

"쟤요."

민혁은 손을 들어 한 명을 가리켰다. 너무도 뜻밖이라 어안이 벙벙할 지경이었다.

"아, 저 일본 애?"

"네."

"아는 애야?"

"네."

그곳에 있는 건 아시안컵에서 만난 미나기타 히사토였다.

"너 없을 때 임대로 왔어. 근데 쟤 잘하냐?"

“잘하긴 해요. 그래도 아스날 레벨은 아닌 것 같던데…….”

민혁은 아시안컵에서 들었던 이야기를 떠올리며 묘한 표정을 지었다.

‘재 나고야에서 절대 안 보내려고 하는 애라고 하지 않았나?’

JFA 위원인 이시카와 히데가 잘못된 정보를 줬을 가능성은 높지 않았다. 자국 선수를 자랑하면서 한 이야기니 과장이 아예 없지는 않겠지만 말이다.

잠깐 고개를 갸웃거리던 민혁은 관심을 끊었다. 그 과정이야 나중에 들으면 된다는 생각이었다.

그에게서 관심을 끊은 민혁이 옷을 갈아입으러 건물로 들어갈 때, 막 밖으로 나오던 누군가가 민혁을 발견하고 입을 열었다.

“왔구나.”

민혁은 고개를 돌렸다. 벵거였다.

“잘 쉬었습니다.”

“컨디션은?”

“훈련 두어 번만 하면 풀타임 출장이 가능할 정도예요.”

벵거는 흡족한 표정으로 민혁을 보았다. 군사훈련으로 무뎌진 감각을 아시안컵으로 어느 정도 되살리고 왔음을 느낀 것 같았다.

“참, 그램퍼스 주니어 출신이 한 명 더 들어왔다.”

"재 말씀하시는 거죠?"

"아, 그래. 아시안컵에서 만났겠구나."

벵거는 미나기타를 불렀다. 무심코 고개를 돌렸던 그는 벵거의 옆에 선 민혁을 보고는 눈썹을 꿈틀했다. 민혁을 보자 눌러뒀던 경쟁심이 타오르고 있는 것 같았다.

"오랜만이다."

"한 달도 안 됐는데 오랜만은 좀 아니지 않아?"

민혁은 피식 웃으며 말했고, 미나기타는 할 말이 없는 표정으로 콧잔등만 씰룩였다. 하기야 한 달 만에 만났으니 오랜만이라고는 할 수 없었다.

"근데 어떻게 아스날에 온 거야? 나고야에서 안 보내주려고 했다고 들었는데."

"네가 왔는데 나라고 못 올 이유가 있냐?"

미나기타는 얼굴을 붉혔다. 딱히 무시할 생각은 없었는데도 무시당한 것처럼 느껴지는 모양이었다.

'거참, 피곤하게 사네.'

민혁은 한숨을 쉬었다. 가끔 느끼는 거지만, 열등감에 휩싸인 사람을 상대하는 건 참 힘든 일이었다.

그들을 보던 벵거는 어깨를 으쓱한 후 민혁을 보며 입을 열었다.

"일단 다음 경기는 쉬어라. 아시안컵 끝나고 좀 쉬었으니까

예열은 해야지.”

“바로 뛰어도 될 것 같은데요?”

벵거는 쓴웃음을 물었다. 아시안컵 우승을 하고 와서인지 평소보다 의욕이 넘치는 모습이었다.

“메디컬 테스트도 해봐야지. 부상이라도 입으면 너뿐만 아니라 팀 전체에 엄청난 손해야.”

“안 그래도 한국에서 하고 왔어요.”

민혁은 각종 서류를 꺼내 그에게 건넸다. 아스날 의료진을 신뢰하지 않는 민혁인지라, 한국을 떠나기 전 병원을 들러 모든 검진을 마친 후였다.

그것을 받아 든 벵거는 묘한 표정으로 민혁을 보며 입을 열었다.

“한번 고민해 보마.”

* * *

벵거는 자신의 소신을 지켰다. 아무리 이상이 없어도 예열은 되어야 한다는 게 그의 지론이었다.

2010—11 시즌부터는 선수들을 급하게 투입시켜 잔부상을 유발하곤 하는 감독이 되어버리는 벵거였지만, 아직은 마음에 여유가 넘치기 때문인지 선수의 몸 상태에 신경을 많이 쓰

고 있기 때문이었다.

그로 인해, 민혁은 4라운드인 포츠머스전에서야 리그 복귀를 신고할 수 있었다.

앙리의 이탈로 가라앉았던 분위기는 급격히 회복되었다. 반 페르시가 갑자기 날아다니기 시작한 데다, 미나기타가 민혁에게 이를 바득바득 갈며 열을 내면서 아스날 전체에 묘한 경쟁심이 자리 잡은 탓이었다.

덕분에, 아스날은 4라운드 포츠머스전에서 대승을 거뒀다. 아데바요르와 파브레가스가 2골씩 넣었고, 로시츠키와 민혁이 각각 1골과 1개의 어시스트를 기록해 5 대 1이라는 승리를 기록한 것이다.

그리고.

그 경기를 기점으로, 아데바요르가 갑자기 각성해 버렸다.

각성한 아데바요르는 그다음 라운드부터 놀라운 경기력을 보여주었다. 앙리의 빈자리가 느껴지지 않을 정도의 활약이었다.

그런 분위기가 이어지던 2008년 2월 말.

아스날은 23승 3무라는 성적으로 승점 72점을 기록하고 있었다. 리그 우승을 놓고 경쟁하는 맨체스터 유나이티드나 첼시보다도 10점 이상 앞서고 있다는 이야기였다.

심지어 시즌 26라운드까지도 패배가 없었기에, 벌써부터 지난 2003−04 시즌의 무패 우승을 재현하는 게 아니냐는 이야기도 슬금슬금 나오고 있었다.

본래는 리그 16라운드 미들즈브러전에서 1패를 했어야 할 아스날이지만, 디에고 로페스의 선방이 이어지고 민혁이 중원을 지배하면서 그 경기를 승리로 이끈 덕분이었다.

거기에 베르마엘렌이 추가된 수비진도 뛰어난 활약을 보여주었다. 본래대로라면 두 시즌 후에나 아스날에 들어왔을 그는 민혁의 추천을 받아들인 벵거에 의해 아스날에 들어온 상태였는데, 리그 적응이라는 게 필요 없어 보일 만큼 완벽한 모습을 보여주고 있었다.

팬들 사이에선 이러다 투레가 밀리는 거 아니냐는 이야기까지 나올 정도였으니,

하지만 모두가 행복하진 않았다.

"나, 다음 시즌에 이적하는 게 좋을까?"

"이적?"

민혁은 저스틴 호이트의 질문을 받고는 생각에 잠겼다. 뜬금없는 이야기긴 했지만 납득은 되는 내용이었다.

저스틴의 실력은 나쁘지 않았다. 하지만 아스날이라는 톱클래스의 팀에서 주전으로 뛰기엔 아무래도 손색이 있었다. 유스 시절 민혁과 함께 훈련을 하며 기본기와 볼컨트롤이 좋아져 원래의 그보다는 훨씬 뛰어난 선수가 됐지만, 그래도 저스틴 호이트라는 선수의 포텐셜엔 한계가 있었기 때문이었다.

"어디로 가게?"

"아직 생각 안 해봤어."

"아스날에서 좀 더 경쟁해 볼 생각은 없는 거지?"

민혁은 씁쓸함을 느끼며 물었다. 베르마엘렌을 벵거에게 추천한 게 자신임을 생각해 보면, 저스틴이 아스날에서 한계를 느끼게 된 데엔 자신의 책임도 없지는 않았다.

"아무래도 힘들지. 그 미나기타인가 하는 일본애하고도 경쟁이 힘들더라."

저스틴은 자신감을 잃은 표정으로 한숨을 쉬었다.

"벤틀리 심정이 이랬겠구나 하는 생각이 들더라고."

"걔 지금 블랙번에 있지?"

"응. 거기서 에이스 대접 받고 있잖아."

민혁은 고개를 끄덕였다. 저스틴이 이적을 결심하게 된 데엔 아스날을 나간 벤틀리의 활약도 영향을 줬으리란 생각이었다.

잠시 생각을 정리한 민혁은 그를 향해 말했다.

"가능하면 라리가로 가."

"라리가? 왜?"

"피지컬."

민혁은 그가 프리미어리그에서 성공하지 못한 이유를 입에 담았다.

저스틴 호이트는 180㎝에 75㎏의 신체 조건을 가지고 있었다. 프리미어리그 수준에선 종잇장보다 조금 나은 수준의 피지컬이란 이야기였다.

"프리미어리그에선 약점이어도 라리가에선 충분히 먹힐걸. 거기다 너 볼컨트롤도 나쁘지 않잖아."

"그거야……."

그는 자신 없는 표정으로 민혁을 보았다. 프리미어리그에서는 제법 준수하다는 평가를 받고 있지만, 기술의 리그라고 불리는 라리가에서도 통할 것 같지는 않은 모양이었다.

"야, 너 정도면 충분히 먹혀. 레알 마드리드나 바르셀로나 같은 팀이면 모를까, 그 아래에 있는 팀엔 너만큼 기술 좋은 수비가 없다고."

저스틴은 웃었다. 말이라도 그렇게 해주니 고맙다는 느낌이었다.

"아무튼 이적은 진지하게 생각해 보려고. 아스날에선 더 버티기 힘들 것 같아."

"…아쉽네."

"프로가 다 그렇지 뭐."

그는 옷을 툭툭 털며 자리에서 일어났다. 대화를 나누는 동안 이적에 대한 결심이 확실히 선 것 같았다.

그가 떠난 후, 멀리서 그들을 보던 플라미니가 다가와 물었다.

"무슨 얘기 한 거야?"

"아, 그게……."

민혁은 저스틴과 나눴던 이야기를 짤막하게 들려주었다.

"이적?"

이야기를 다 들은 플라미니의 표정이 묘하게 변했다. 민혁은 그제야 플라미니도 이번 시즌을 끝으로 계약이 만료됨을 떠올렸다.

특별한 일이 없다면 자유계약으로 밀란에 가지 않을까.

"너도 이적할 거야?"

"글쎄……."

"밀란은 가지 마라."

플라미니는 애매한 표정을 지었다. 약간의 놀라움과 당혹감도 섞인 것 같았다. 아마도 벌써 밀란과 이야기가 오가고 있는 모양이었다.

쓴웃음을 문 채 그를 보던 민혁은 영입이 가능한 수비형미드필더 목록을 머릿속에 그렸다. 플라미니의 이적은 막지 못할 분위기였기에, 그를 대체할 수 있는 선수를 벵거에게 추천할 생각이었다.

그러던 민혁은 한 가지 기억을 떠올리고는 묘한 표정으로 고개를 돌렸다.

'그러고 보니… 흘렙이 이번에 튀던가?'

*　　　*　　　*

민혁은 이젠 가물가물한 기억을 더듬었다. 그러자 흘렙이 아이스크림 드립을 치면서 아스날 팬들을 빡치게 한 후 튀어버린 시즌에 플라미니도 이적을 했다는 기억이 있었다.

다시 말해, 다음 이적 시장이 흘렙이 튀어버리는 시즌이란 뜻이었다.

'감독님한테 말해도 안 믿을 것 같은데.'

솔직히 말해서 가능성은 반반이었다. 흘렙의 이탈에 대한 소문이 조금씩 나오고 있긴 해도 흘렙 본인이 이적을 몇 번이나 부정했기 때문이었다.

더욱이 민혁과 파브레가스 다음으로 흘렙을 중요한 선수로 생각하고 있는 벵거였으니, 그가 이탈한다는 말을 쉽게 믿으려 하지는 않을 터였다.

하지만 앞으로를 생각하면 어떻게든 납득을 시켜야 했다.

흘렙의 이적은 부활하려는 아스날의 날개를 꺾어놓는 사건이었다. 민혁이 스쿼드에 포함된 지금이라면 이야기가 달라지겠지만, 그렇더라도 주축 선수를 어이없이 잃어버리는 게 팀에 좋을 리 없었다.

게다가 그 이적료를 고스란히 투자해 사 오는 게 사미르 나스리였으니, 아스날이 3위와 4위만 번갈아서 하게 된 것도 당연한 일이었다. 피레스에게 개인 교습을 받기 전의 나스리는 그야말로 계륵이나 다름없는 선수였기 때문이었다.

'지금이 아마… 아르샤빈이 터지기 직전이었지?'

민혁은 천천히 생각을 정리했다. 유로 2008이 시작되기 직전인 지금이 아르샤빈을 싸게 데려올 적기였다. 제니트의 에이스라고는 해도 큰 무대에서 실력이 입증되지 않은 시기였으니까.

조금 더 고민하던 민혁은 훈련을 마치자마자 벵거의 사무실로 찾아갔다.

*　　　*　　　*

벵거는 미간을 좁혔다. 뜻밖이란 느낌이 강해 보이는 표정이었다.

"흘렙이 이적한다고?"

"네."

"흘렙은 이적할 생각이 없다고 했다만."

"5월쯤 되면 말이 바뀔 거예요. 이미 뮌헨이랑 바르셀로나하고 이야기가 되고 있거든요."

"네가 그걸 어떻게 알지?"

민혁은 실제로는 존재하지 않는 가상의 스카우터를 팔아

벵거를 설득했다. 벵거가 디에고 로페스와 베르마엘렌의 이적 건으로 인해 그 가상의 스카우터에 대한 신뢰가 쌓였음을 알기 때문이었다.

하지만 벵거는 이번엔 좀처럼 그 말을 믿으려 하지 않았다. 그 말이 맞다면 개별 에이전트의 활약까지도 판단을 하고 있는 사람이란 뜻인데, 그런 사람이 아직도 알려지지 않았을 리 없다고 생각한 탓이었다.

답답해진 민혁은 살짝 고개를 젓고는 입을 열었다.

"안 믿으시는 건 어쩔 수 없는데… 그래도 만약을 생각해서 대비는 해두는 게 좋지 않을까요?"

"대비?"

"흘렙 대체자 정도는 물색해 두는 게 좋지 않나 싶어서요. 만약 흘렙이 나가지 않아도 스쿼드 두께가 보강돼서 나쁠 건 없잖아요."

벵거는 어깨를 으쓱했다. 틀린 말은 아니지만 과잉 지출을 하고 싶지는 않다는 듯한 반응이었다.

그걸 본 민혁이 한숨을 내쉬자, 벵거는 민혁을 타이르듯 말했다.

"네가 팀의 전력에 관심을 갖는 건 좋은 일이다. 하지만 우린 재정이 넉넉한 팀이 아니야. 최소한 5~6년은 최소한의 자원으로 최대한의 효과를 기대해야 하는 게 아스날이야."

"1,500만 파운드 정도는 지출이 가능하지 않아요?"

"그거야……."

벵거는 잠시 입을 닫았다. 1,500만 파운드라는 금액이 상당히 절묘했기 때문이었다.

그 금액은 벵거 자신이 상한선으로 설정하고 있는 선수의 영입 금액이었다. 민혁이 그걸 정확히 캐치했다는 데 놀라지 않을 수 없었던 것이다.

"왜 1,500만 파운드라고 생각했지?"

어떻게 설명할까 고민하던 민혁은 다시 한번 가상의 스카우터를 팔아넘겼다.

"아는 스카우터가 그 정도 금액이 상한선일 거라고 했으니까요."

"음……."

벵거는 손가락으로 책상을 툭툭 치며 입을 열었다.

"놀랍군. 정말 한번 만나보고 싶구나."

민혁은 어색한 표정을 지은 채, 목구멍까지 올라온 말을 꾹꾹 눌렀다.

'그 스카우터랑 지금 이야기하고 계신데요.'

하지만 그렇게 이야기를 했다간 그동안 쌓아온 신뢰를 한꺼번에 잃을 판이었다. 게다가 복잡해질 문제도 하나둘이 아니기 때문에, 민혁은 이왕 이렇게 된 거 계속해서 시치미를 떼기로 마음을 굳혔다.

그런 생각을 알 리 없는 벵거는 흥미롭다는 시선으로 민혁을 바라보며 말을 이었다.

"능력이 있는 스카우터라는 건 알고 있었지만… 재정문제에도 식견이 있을 줄은 몰랐구나."

"그, 그럴까요?"

"공개된 자료만 보고 그런 추론을 했다는 건 놀라운 일이지."

민혁은 양심이 찔려옴을 느끼며 고개를 돌렸다. 회귀자인 자신이기에 알 수 있었던 일이었을 뿐, 추론과는 아무 상관도 없었기 때문이었다.

잠시 생각을 정리한 벵거는 다시 민혁을 보며 말했다.

"그 스카우터가 추천한 사람이 누군지는 궁금하구나."

민혁은 재빨리 입을 열었다.

"아르샤빈요."

"아르샤빈?"

고개를 끄덕인 민혁은 살짝 걱정스러운 표정을 지었다. 과연 벵거가 러시아 국적의 윙어를 좋게 생각할지 의문이 들어서였다.

구소련은 축구 강국으로 꼽혔지만, 소련 붕괴 후의 러시아는 축구 강국이란 이미지가 없었다.

그래도 레프 야신의 이미지가 남은 골키퍼나 피지컬이 중요한 수비수의 경우엔 러시아 선수들을 쓰는 경우도 있었으나, 러시아 리그의 팀이 아니고서는 공격적인 포지션에서 좀처럼 러시아 선수를 쓰지 않았다. 구소련 시절의 발렌틴 이바노프를 끝으로 두각을 드러낸 선수가 없었기 때문이었다.

하기야 그것도 이상하진 않았다. 혹한의 계절이 일 년의 절반을 차지하는 러시아에선 유연하고 기술이 좋은 선수가 나오기 힘든 게 당연하니까.

때문에 벵거의 눈치를 살피던 민혁은 뜻밖의 말을 듣게 되었다.

"…혹시 히딩크 감독과 만난 적 있나?"

"아뇨. 없는데요."

벵거는 묘한 표정으로 민혁을 보곤 천천히 말을 이었다.

"그렇지 않아도 반년 전에 히딩크 감독에게 추천을 받았었다. 흘렙이 있어서 당장 영입을 할 생각은 없었는데……."

그는 민혁을 보며 설명을 보탰다. 러시아로 출장을 간 스카우터가 아르샤빈의 영입을 제안했었고, 챔피언스리그에서 아인트호벤의 경기를 보러 온 히딩크를 만나 아르샤빈의 가능성에 대해 타진을 해보았다는 이야기였다.

"네가 알고 있는 스카우터까지 영입을 권했다면… 아무래도 긍정적으로 생각해 보는 게 좋겠구나. 꼭 흘렙 자리가 아니더라도 기용이 가능한 선수니 말이다."

민혁은 곧바로 말을 이었다. 지금이 영입 논의의 적기라고 생각했기 때문이었다.

"유로가 열리기 전에 영입하는 게 좋지 않을까요?"

"유로?"

"러시아 감독이 히딩크 감독님이잖아요. 토너먼트 승부사인 거 생각하면 아마 4강까지는 올라갈 텐데, 그럼 아르샤빈 몸값도 엄청나게 뛸걸요."

"그렇겠지. 하지만 제니트는 그걸 노리고 이적 논의를 거부할 거다."

"…그렇겠네요."

벵거의 지적은 합리적이었다. 보통 큰 대회 활약이 기대되는 선수를 보유한 팀은 그 선수에 대한 이적 논의를 피하는 경향이 있었다. 대회에서 활약하지 못해도 몸값이 떨어지는 일은 거의 없는 데 반해, 큰 대회에서 엄청난 활약을 보일 경우 몸값이 몇 배로 폭등하는 경향이 있기 때문이었다.

그 점을 떠올린 민혁은 고개를 끄덕이다, 문득 떠오른 생각에 입을 열었다. 흘렙도 문제지만 플라미니의 이탈에 대해서도 대비를 해야 한다는 생각이 들어서였다.

"참, 플라미니도 재계약할 생각 없어 보이던데요."

"그래?"

"네."

벵거는 골치 아프다는 표정으로 미간을 좁혔다. 수비형미드필더의 보강에 대해선 생각도 하지 않고 있었던 탓이었다.

플라미니가 떠날 경우 질베르투 실바를 남기는 게 가장 좋은 선택지지만, 이번 시즌 플라미니에게 완전히 밀려 버린 그는 아스날에 남을 뜻이 없음을 밝혔다.

게다가 그의 나이도 나이라 그를 남긴다고 해도 2년 안에 새로운 대체자를 찾아야 할 터였으니, 차라리 이번 기회에 아예 새로운 선수를 영입하는 게 좋을지도 몰랐다.

"혹시 추천받은 선수가 있나?"

"아뇨. 아직……."

"그래?"

수비형미드필더라는 포지션 자체가 그다지 스포트라이트를 받는 포지션이 아니었다. 굳이 찾자면 안드레아 피를로나 사비 알론소, 그리고 하비에르 마스체라노와 세르히오 부스케츠라는 선수 정도만 실력에 맞는 평가를 받았을 뿐이고, 그 외의 선수들은 공격적인 포지션에 있는 선수들보다 언급이 덜되는 게 현실이었다.

때문에, 민혁도 이 시기에 영입할 만한 수비형미드필더에 대해선 추천을 할 수 없었다.

잠시 입을 다물고 있던 벵거는 아쉬움을 토로했다.

"마스체라노 영입에 실패한 게 아쉽구나."

MSL에서 3,500만 파운드를 요구해서 영입이 틀어졌던 마스체라노는 이번 시즌 리버풀에 입성하면서부터 엄청난 활약을 보이고 있었다. 웨스트햄 시절엔 욕받이로 활약해 영입을 하지 못한 게 다행이란 생각을 하던 벵거였으나, 리버풀에서 활약하는 마스체라노의 모습을 보자 새삼 아쉬움이 느껴지고 있었던 것이다.

"그러게요……."

"아무튼 그 문제는 내가 한번 고민해 보마. 플라미니와도 이야기를 해봐야겠구나."

"플라미니는 주급 안 올려주면 계약 안 할 거예요. 아마 지금……."

거기까지 말하던 민혁은 갑자기 번뜩하는 생각이 떠올랐다. 어쩌면 플라미니도 남기고 자신에게도 이득이 되는 상황이 생길 수도 있다는 생각이 들어서였다.

플라미니가 고액의 주급을 요구하게 된 원인은 바로 사업 때문이었다. 플라미니는 이 시기에 파스칼 그라나타라는 사람과 대체 연료를 생산하는 바이오 기업을 만들었는데, 그 회사의 초기 운영자금 대부분을 플라미니가 대어야 했기에 높은 주급을 필요로 했다.

그리고 그 회사는 2010년대 말에 급격히 성장, 약 46조 원에 달하는 자산평가를 받는 회사가 되었다. 민혁이 그 회사에 투자하고 지분을 받게 된다면 모두에게 윈윈이 될 수도 있었다.

"감독님."

"음?"

"혹시 플라미니가 재계약을 거부하면 저한테 알려주세요."

벵거는 묘한 표정으로 민혁을 보았다.

"플라미니를 설득할 방법이 있다는 거냐?"

"잘되면요."

"흠……."

잠깐 생각하던 벵거는 고개를 끄덕였다. 적어도 손해는 보지 않을 터였다.

"그래, 그렇게 하마."

벵거는 책상 위 메모지에 민혁과 나눈 대화를 요약해 적어두었다. 다음 경기 준비로 인해 신경 쓸 일이 많은 그라, 이렇게 메모를 하지 않으면 까먹고 넘어가는 수가 있기 때문이었다.

"혹시 더 할 말 있나?"

"아뇨. 이제 없어요."

"그래, 알았다. 들어가서 쉬어라."

민혁은 그에게 인사를 하고 사무실을 나왔다. 아무래도 이번 시즌에 아르샤빈을 데려오는 건 힘들 것 같지만, 그래도 플라미니가 밀란으로 떠나는 걸 막을 방법이 생겼다는 부분에

선 안도감도 들었다.

100% 성공한다는 보장은 할 수 없지만, 그래도 아무것도 못 해보고 팀이 망가지는 걸 막을 수 있게 되었다는 것만도 적지 않은 수확이었다.

그렇게 집으로 돌아간 민혁은, 중요한 것 하나를 잊어버렸음을 끝내 깨닫지 못했다.

*　　　*　　　*

2008년 2월 23일.

버밍엄과의 경기에 출전한 민혁은 상대 팀 선수의 얼굴을 보곤 잊었던 사실을 떠올렸다.

'앗!'

민혁은 당혹감을 감추지 못했다. 오늘이 바로 마틴 테일러의 살인 태클에 의해 에두아르도 다 실바의 다리가 부러지는 날임을 뒤늦게 깨달은 탓이었다.

그는 전방에 있는 에두아르도를 뚫어지게 보았다.

하지만 이미 필드로 나온 이상 그를 밖으로 내보낼 순 없었다. 그건 감독의 권한인 데다, 설령 벵거가 그를 내보내려 해도 에두아르도가 그걸 순순히 따를지도 의문이었다. 유럽 대회에서는 나름 괜찮게 뛰지만 리그에선 좀처럼 적응을 못하던 그였기 때문에, 오늘처럼 리그 선발로 나오는 날을 줄곧 기대하던 터였기 때문이었다.

'두두한테 패스를 안 주면 괜찮지 않을까?'

민혁은 입술을 질끈 깨물었다. 아무래도 그것밖에는 방법이 없을 것 같았다.

그러나 그건 민혁의 뜻만으로 이루어지는 일이 아니었다.

―아스날 선수가 그라운드에 쓰러져 있습니다. 방금 사고가 일어난 것 같은데요.

―아스날의 9번 에두아르도 다 실바 선수입니다. 경기 시작 3분 만에 사고가 터지네요. 느린 화면으로 다시 한번…….

중계진은 말을 잃었다. 마틴 테일러가 패스를 받은 에두아르도의 디딤 발을 찍어 누르는 장면이 느린 화면으로 재생된 직후의 일이었다.

―굉장한 부상입니다. 괜찮을까요?

―의료진 급히 투입됩니다. 산소호흡기까지 들어가네요.

―아… 이런 큰 부상은 정말 오랜만에 보는 것 같습니다. 아마 저희가 프리미어리그 중계를 한 이래 가장 큰 부상이 아닐까 싶네요.

에두아르도는 다급히 들어간 의료진에 의해 밖으로 실려 나왔다. 태클을 가하고도 멀뚱히 보고만 있던 마틴 테일러는 레드카드를 받고는 마지못해 수긍하며 밖으로 나왔고, 아스날의 선수와 코치진은 이송되는 에두아르도를 걱정스레 바라보며 수군거렸다.

그나마 다행스러운 건 원래의 부상보다는 덜 심각해 보인다는 점이었다. 민혁이 플레이에 끼어들면서 패스의 루트가 변했기 때문일 터였다.

"이게 뭐야……."

민혁은 고개를 저었다. 아무래도 마틴 테일러는 최대한 거친 플레이를 하려고 작정하고 나온 모양이었고, 그 타깃이 된 에두아르도는 정말 운이 없었다고밖에 할 수 없었다.

—버밍엄의 마틴 테일러, 전반 3분 만에 레드카드를 받습니다. 버밍엄은 이제 10 대 11로 싸워야겠네요.

—하지만 아스날에 마냥 유리한 건 아닙니다. 에두아르도 선수가 리그에선 활약이 저조했지만 유럽 대회에선 준수한 활약을 보여줬거든요. 게다가 에두아르도 선수의 부상은 다른 선수들에게도 불안감을 심어줬을 겁니다. 특히 아스날은 테크닉 좋은 선수들이 많이 있는 팀이라 걱정이 더하겠죠. 기술적인 플레이를 했다간 언제 저렇게 될지 모른다는 불안감이 선수들의 마음속에 스며들 거예요.

중계진의 말대로, 아스날 선수들의 플레이는 급격히 위축되었다. 민혁조차도 드리블 비중을 줄이고 패스의 비중을 높일 정도였다. 아무래도 에두아르도가 부상을 당하던 장면이 머릿속을 떠나지 않아서였다.

그런 플레이는 결국 화를 불렀다.

—아, 버밍엄의 제이슨 맥패든. 몸싸움으로 아스날 수비진을 모두 밀어내고 헤딩골을 기록합니다.

—아스날 수비진이 몸을 사렸어요. 저럴 땐 붙어서 싸워줬어야죠.

—역시 심적인 부담이 아스날 선수들을 잡고 있어서겠죠?

—그럴 겁니다. 동료가 저렇게 큰 부상을 당했는데 위축이 안 되는 게 이상하죠.

중계진과 아스날 원정 팬들은 나직이 탄식을 터뜨렸다. 어린 선수들이 주축이 된 스쿼드다 보니 흔들림이 좀처럼 가라앉지 않는 것 같았다.

전반전은 1 대 0으로 종료되었다. 10명을 상대로 싸우고 있음에도 이렇게 흔들리고 있음은 좋지 않은 일이었지만, 그런 와중에서도 1점만을 내어 주었다는 건 다행스러운 일이었다.

"두두는 정신을 차렸다는구나."

벵거는 혼란에 빠져 있는 선수들에게 에두아르도의 소식을 전해주었다. 혼이 나간 표정으로 바닥만 보던 선수들의 주목을 단번에 끄는 이야기였다.

"종아리뼈가 부러진 것 같다는데, 다행히 정강이는 멀쩡한 모양이야. 4주 정도 회복기를 거치고 재활을 하면 된다더구나."

"4주요?"

"그래."

민혁은 안도했다. 원래대로라면 종아리와 정강이뼈 모두 부러졌을 에두아르도였음을 생각해 보면, 그 정도 부상으로 그친 게 정말 다행이었다.

벵거는 숨을 길게 내쉰 후 선수들을 한 명씩 바라보았다. 더 이상 동료 걱정은 하지 말고 플레이에 집중하라는 의미의 시선이었다.

"이번 경기 끝나고 면회를 와도 좋다더구나. 이왕이면 이겼다는 소식을 들고 가는 게 좋겠지?"

선수들을 사로잡았던 혼란스러움은 이내 가라앉았다. 그나마 다행이란 생각이 들어서인지 안도를 표하는 선수도 있었고, 승리에 대한 의욕을 느끼는 선수도 있었다.

"자, 그럼 후반엔 좀 더 공격적으로 나가보도록 하자."

벵거는 포메이션을 약간 수정했다. 에두아르도가 부상을 당한 후 포메이션이 제대로 지켜지지 않았던 까닭에, 이 시간을 이용해 전술을 완전히 바꾸려고 하는 것 같았다.

그는 4–5–1 포메이션으로 진형을 바꾸곤 민혁과 파브레가스, 그리고 로시츠키를 바라보고 입을 열었다.

"거친 플레이에 너무 신경 쓰지 마라. 저쪽이 원하는 게 바로 그걸 테니까."

"네."

"로사는 좀 걱정되는데……."

민혁은 자기도 모르게 중얼거렸고, 옆에 있던 로시츠키는 그만 웃어버렸다.

"그럼 드리블은 전부 너한테 맡기면 되겠네."

"그거 좀 너무한 거 아니에요?"

"다치면 의사한테 데려다줄게. 네가 소개해 준 의사 실력 정말 좋더라고."

이번엔 민혁이 웃어버렸다. 지난번 독일에서 로시츠키를 처음 만났을 때, 그에게 볼파르트 박사를 추천해 주었던 기억이 떠올랐기 때문이었다.

"많이 좋아졌어요?"

"상당히."

로시츠키는 자신의 허벅지를 바라보며 자랑스레 말했다.

그러고 보니, 로시츠키가 생각보다 부상을 잘 당하지 않고 있었다. 유소년 시절 잘못된 훈련을 받아 허벅지 근육에 문제가 있던 그는 잔부상을 자주 당하는 선수였는데, 어째서인지 이번엔 그런 부상을 별로 겪지 않고 있었던 것이다.

"잡담은 그쯤하면 됐다. 몸이 식지 않도록 스트레칭을 해두도록."

벵거는 마지막 당부를 남기곤 라커룸을 떠났다. 선수들끼

리 이야기를 할 시간을 주려는 모양이었다.

하지만 선수들은 별다른 말 없이 몸만 덥혔다. 에두아르도가 정신을 차렸다는 말을 듣곤 조금 진정되긴 했지만, 그럼에도 아직은 압박감을 완전히 지워내진 못했던 탓이었다.

그러는 사이, 그라운드에 나갈 시간이 되었다.

"잘해보자."

선수들이 다시 그라운드에 들어선 직후, 윌리엄 갈라스가 동료들을 바라보며 입을 열었다. 그래도 주장이어서인지 가장 먼저 말을 꺼내는 모양이었다.

그 뒤를 이어 디에고 로페스와 콜로 투레가 입을 열었다. 그들이 꺼낸 말도 긴장을 풀고 경기에 집중하자는 이야기였다. 너무도 뻔한 이야기지만 지금 상황에서 꼭 한번 짚고 넘어가야 할 부분이었다.

민혁은 아직도 긴장하고 있는 월콧의 어깨를 툭툭 치며 말했다.

"오늘 해트트릭 하게 해줄게."

잔뜩 긴장해 있던 월콧은 피식 웃었다. 농담이라고 생각하면서도 긴장이 풀린 것 같았다.

그로부터 15분 후. 월콧은 손가락 세 개를 들고 미친 듯이 경기장을 질주했다.

—테오 월콧, 이번 경기에서 해트트릭을 기록합니다!

—정말 놀랍습니다. 아직 후반 시작한 지 15분밖에 안 됐거든요. 그것도 각각 5분, 10분, 15분에 넣었어요. 마치 짜고 치는 경기가 아닌지 의심될 정돕니다.

아스날 선수들의 흔들림은 완전히 사라졌다. 에두아르도가 당한 부상은 월콧의 해트트릭이 준 흥분으로 완전히 날아가 버린 것 같았다.

경기가 끝나면 다시 되살아날지도 모르겠지만, 적어도 이번 경기에서만큼은 그 흔들림이 재발하지 않으리란 보장을 할 수 있을 정도였다.

기세를 되찾은 아스날은 10명이 뛰는 버밍엄을 마구 몰아붙였다. 당황한 버밍엄은 강한 몸싸움을 시도해 아스날 선수들의 트라우마를 되살리려 했지만, 그것에 발끈한 파브레가스가 데이비드 머피의 사타구니를 걷어차면서 경기가 완전히 개판이 되었다.

당연히 파브레가스도 레드카드를 받고 퇴장을 당했지만, 중요한 곳을 부여잡고 바닥을 구르는 머피의 모습은 버밍엄의 선수들에게도 트라우마를 선사해 격렬한 플레이는 더 이상 나오지 않았다.

—주심, 경기 종료를 알리는 휘슬을 붑니다. 아스날이 버밍엄 원정에서 귀중한 승점 3점을 챙겨 가는 데 성공했습니다.

—하지만 잃은 게 너무 많은 경기였습니다. 에두아르도 선

수는 다리가 부러졌고, 윤민혁 선수와 함께 아스날의 중원을 책임지고 있는 파브레가스는 퇴장을 당해서 다음 경기에 뛸 수 없어요. 게다가 악의적인 파울로 간주되면 추가 징계까지 가능합니다. 어쩌면 이번 시즌을 이걸로 끝낼 수도 있어요.

—네, 분명히 악의적인 파울이었죠. 데이비드 머피 선수 괜찮을지 모르겠네요.

—아무튼 이번 경기에서 부상을 당한 두 선수, 모두 무사히 그라운드로 돌아오길 바라며 중계는 여기서 마치겠습니다.

—지금까지 해설에 조용찬.

—캐스터 송영준이었습니다. 시청해 주신 여러분 감사합니다.

그렇게 KBC의 중계방송이 끝을 맺을 때, 벵거는 이기고 들어온 선수들을 치하한 후 에두아르도가 입원한 병원에 전화를 걸어 면회를 타진했다.

안타깝게도 병원에선 당일 면회는 불가능하다는 답변을 주었다. 아쉬움을 토로한 벵거는 샤워를 끝내고 돌아온 선수들에게 상황을 설명하고는 개별적으로 면회를 갈 것을 주문했다. 훈련 후 단체로 면회를 가기엔 코치진의 일정을 맞추기가 어려운 탓이었다.

그렇게 모든 전달이 끝난 후.

민혁은 플라미니의 어깨를 두드리며 입을 열었다.

"잠깐 이야기 좀 할 수 있을까?"

*　*　*

"어떻게 알았어?"

플라미니는 화들짝 놀라며 민혁을 보았다. 자신이 새로 사업을 시작한다는 건 가족에게도 비밀로 하고 있는 일이었다. 그런데 민혁이 그걸 알고 있으니, 그로서는 당혹감을 느끼는 게 이상하지 않았다.

"뭐… 그냥 어쩌다 보니 들리더라고."

"납득이 안 되는데."

플라미니는 미간을 좁힌 채 민혁을 보았다. 그토록 보안에 신경을 썼는데 도대체 어떻게 민혁이 그걸 알고 있는지 이해가 되지 않았다.

민혁은 가볍게 웃고는 말을 이었다.

"어차피 중요한 건 어떻게 알았느냐가 아니잖아."

"…그렇긴 하지."

잠깐 고민하던 플라미니는 숨을 크게 들이쉬곤 말을 이었다.

"투자를 받을 생각은 없었지만… 일단 조건은 들어볼게."

"400만 달러 투자에 지분 10% 어때?"

"너 돈 그렇게 많았어?"

플라미니는 새삼 놀란 표정으로 민혁을 보았다. 민혁이 자신보다 주급이 높다는 건 알고 있지만, 그래도 아직 20대 초반인 민혁에게 그만한 돈이 있을 줄은 몰랐던 모양이었다.

"그만큼은 있어. 게다가 사업 초반이니까 여기저기 돈 쓸데 많을 거 아냐."

"그건 그렇지."

그는 미간을 찌푸린 채 고개를 끄덕였다. 이제 막 시작하는데도 돈이 들어갈 곳이 한두 곳이 아님을 벌써부터 느끼고 있어서였다.

고민하던 플라미니는 민혁을 바라보며 입을 열었다.

"동업자와 논의해 봐야 되겠는데."

"OK. 그럼 전화해 보고 나중에 연락해."

"아, 다른 사람들한테는 비밀이야."

"걱정하지 마. 감독님한테도 말 안 했으니까."

플라미니는 그제야 굳었던 표정을 풀었고, 민혁은 잘 생각해 보라는 말을 남기고 집으로 향했다.

그렇게 민혁이 떠난 후, 플라미니는 동업자에게 전화를 걸었다.

* * *

플라미니에게 화를 냈던 파스칼 그라나타는 절대로 말을

하지 않았다는 항변을 몇 번이나 듣고서야 화를 풀었다. 아마도 실험을 담당하는 연구소에서 비밀이 새어 나갔으리라 판단한 모양이었다.

그로부터 얼마 후, 그는 플라미니와 함께 민혁을 찾아와 투자 조건에 대해 협상을 시작했다.

파스칼 그라나타는 깐깐하게 이것저것 따지고 들었다. 결국 민혁은 초기 자본 500만 달러에 차후 200만 달러를 추가 투자하는 조건으로 GF Chemical의 지분 7.8%를 손에 넣었다. GF Chemical이 차후 46조 원의 가치를 가지게 될 기업임을 생각하면, 고작 700만 달러로 30억 달러, 한화로는 3조 6천억 원에 달하는 가치를 손에 쥐게 된 셈이었다.

물론 이 투자금이 변화를 일으켜서 가치가 더 커질 수도 있었고, 어쩌면 아예 망해서 700만 달러를 허공에 날릴 수도 있었다. 하지만 파스칼 그라나타가 GF Chemical의 기반이 될 기술의 개요를 이미 가지고 있음을 확인한 이상, 그런 위험을 감수할 가치는 충분했다.

"앞으로 잘 부탁합니다."

"저야말로."

파스칼 그라나타는 한숨 돌렸다는 표정을 지었다. 그로서도 협상이 만만치 않았던 모양이었다.

"혹시 투자금 더 필요하면 말해주세요."

"이거면 충분합니다. 지분을 더 나눌 생각도 없고요."

민혁은 웃었다. 자신감이 있다는 건 좋은 징조였다.

그날 이후, 다시 벵거를 만난 플라미니는 주급 5만 파운드에 아스날과 재계약했다. 풀백이 전멸하지 않는 한 풀백으로 뛰지 않는다는 조항까지 넣고서야 타결된 합의였다. 주급도 주급이지만 벵거가 자신을 레프트백으로 쓰는 것에 불만이 꽤 쌓였던 모양이었다.

큰일 하나를 처리한 민혁은 홀가분한 마음으로 훈련에 참여했다. 흘렙의 탈주는 막을 수 없어도 플라미니의 이탈을 막았다는 건 의미가 컸다.

그로부터 나흘 후. 홈에서 아스톤 빌라를 만난 아스날은 아슬아슬한 경기 끝에 무승부를 거뒀다. 에두아르도의 부상이 남긴 충격을 이기지 못했기 때문이었다.

그것은 그다음 경기에도 영향을 미쳤다. 다음 경기인 위건과의 경기에서도 무승부를 기록한 것이다.

하지만 민혁이 회귀하기 전보다는 훨씬 상태가 나았다. 그땐 리그 막판이 되어서야 아스날 선수들이 정신을 차리고 뛸 수 있었지만, 이번엔 위건과의 경기가 끝나자마자 선수들의 얼굴에서 불만족스럽다는 표정이 떠올랐다. 에두아르도의 부상이 남긴 압박감을 모두 떨쳐냈단 이야기였다.

거기엔 파브레가스의 활약이 보탬이 되었다. 버밍엄전에서 데이비드 머피의 사타구니를 걷어차 다섯 경기 출전 불가 판정을 받은 그는 데일리 미러와의 인터뷰에서 '다시 한번 그런 일이 일어난다면 상대 팀 감독의 불알을 깨버리겠다!'라는 말을 남겼고, 그 기사를 접한 아스날의 라커룸은 폭소의 도가니가 되어 긴장을 완전히 지울 수 있었다.

그 이후, 아스날은 다시 쾌조를 이어가며 연승을 기록했다. 비록 그다음 경기인 첼시와의 리그 31라운드에서 시즌 첫 패배를 기록하긴 했으나, 아직 2위인 맨체스터 유나이티드와 3위인 첼시보다 10점이나 앞서고 있었다.

"드록바는 왜 우리 팀만 만나면 날아다니지?"

"이번 시즌에도 무패 우승 할 줄 알았는데……."

민혁은 저스틴을 보며 피식 웃었다. 사실 민혁 자신도 내심 기대하긴 했지만, 그래도 저렇게까지 실망하는 모습을 보자 왠지 실소가 나오고 있었다.

"야, 그게 그렇게 쉬웠으면 115년이나 걸렸겠냐."

"그래도 떠나기 전에 무패 우승 한 번 더 하면 좋잖아."

"우승으로 만족해."

민혁은 저스틴의 어깨를 툭툭 치며 웃었다.

다음 경기인 32라운드와 33라운드.

아스날은 볼튼 원더러스와 리버풀을 상대로 4점을 따냈다. 리버풀과의 무승부로 주춤하는 듯 보였던 아스날이었지만, 다행히 경쟁자인 맨체스터 유나이티드도 그 라운드에 무승부를 기록해 격차가 유지되었다.

다시 말해, 아스날은 다음 라운드인 맨체스터 유나이티드와의 경기에서 승리할 경우 우승을 확정 지을 수 있게 되었다는 뜻이었다.

그로부터 일주일 후.

프리미어리그의 운명을 가를 34라운드가 다가왔다.

* * *

2008년 4월 13일.

맨체스터 유나이티드의 홈구장인 올드 트래포드엔 엄청난 숫자의 기자들이 진을 치고 있었다. 어쩌면 이번 경기에서 2007—08 시즌의 우승 팀이 가려질지도 모르는 일이기 때문이었다.

"어디가 배당이 높아?"

"맨체스터. 호날두가 이번 시즌에 미쳤잖아."

"1위는 아스날이잖아. 결국 우승도 아스날이 할 것 같은데?"

카메라를 든 남자는 옆에 선 동종 업계 사람의 말을 듣곤 반론을 꺼냈다.

"우승이야 아스날이 하더라도 이번 경기에선 맨유가 이길 거라는 거지. 당장 호날두만 해도 그래. 벌써 리그에서만 27골째야. 어쩌면 이번 경기에서 30호 골을 쏠지도 모른다고."

"아데바요르도 그 정도 넣지 않았어?"

"맨유엔 루니랑 테베즈도 있어. 근데 아스날엔 아데바요르 하나밖에 없잖아. 아무리 윤이랑 파브레가스가 좋은 패스를 넣어줘도 떠먹지 못하면 소용없다고."

"윤도 스탯 좋지 않아?"

"이번 시즌 9골 16어시스트야. 준수하긴 하지만 세컨드 톱 치고는 골이 좀 적지."

잠깐 손을 꼽아보던 상대는 고개를 갸웃하며 질문을 이었다.

"그럼 아스날은 리그 10골 넘긴 게 아데바요르 하난가?"

"파브레가스도 7골이고 반 페르시는 6골이니까 아데바요르가 끝이지."

"반 페르시도 골 잘 넣었던 것 같은데 어느 순간 사라졌더라."

"부상당해서 몇 달 누웠었잖아."

"아……."

"아무튼 맨유랑 아스날은 공격수 클래스에서 차이가 커. 미드필더는 아스날이 좋겠지만 골을 못 넣으면 의미가 없지."

아스날의 가능성을 점치던 남자는 그 말에 반론을 멈추고 고개를 끄덕였다.

이번 시즌 맨유의 에이스는 누가 뭐래도 크리스티아누 호날두였지만, 웨인 루니와 카를로스 테베즈 역시 리그에서 11골과 12골을 넣어 준수한 활약을 보이고 있었다. 아스날의 수비진들로서는 누굴 막아야 할지 모르는 상황이 나올 수도 있다는 뜻이었다.

거기에, 아스날엔 한 가지 악재가 추가되었다. 그동안 2군에서만 머물던 미나기타 히사토의 출전이었다. 훈련 중 갈라스와 베르마엘렌이 충돌해 수비에 구멍이 나버린 탓이었다.

'불안한데…….'

민혁은 출전 명단에 오른 미나기타를 바라보며 미간을 좁혔다.

미나기타가 아시안컵에서 대회 베스트 11에 꼽히긴 했지만, 그래도 아시아와 유럽은 수준이 달랐다. 더구나 이번 경기는 프리미어리그에서 가장 강한 팀인 맨체스터 유나이티드를 상대하는 경기였고, 미나기타는 이번 경기가 아스날 입성 후 첫 출전이었다. 불안해하지 않는 게 이상하단 뜻이었다.

'차라리 저스틴이 나을 것 같은데.'

민혁은 불안한 표정으로 벵거를 보았다. 그러나 벵거는 어떤 확신을 가지고 있는 것처럼 보였다. 어쩌면 이적이 확정된 저스틴에게 경험을 쌓게 하기보다는 미나기타에게 기회를 주는 게 낫다는 판단인 걸지도 모르지만, 어쨌거나 벵거의 얼굴에선 수비에 대한 불안함은 찾을 수 없었다.

"2군에서 잘했나?"

"누구?"

"미나기타요."

"일본인?"

무심코 말을 걸었던 디에고 로페스는 불안한 표정으로 민혁에게 물었다.

"저 일본인 영어 할 줄 알아?"

"대충은 할걸요?"

"불안한데……."

그는 찝찝한 표정으로 미나기타를 보았다. 아직 한 번도 미나기타와 발을 맞춰본 경험이 없는 데다, 미나기타가 영어를 할 줄 아는지도 미지수였다. 골키퍼로서는 불안하지 않을 수 없는 상황이었다.

그와 민혁이 불안함을 느끼며 대화를 이어갈 때, 조금 늦게 라커룸에 들어온 벵거는 선수들과 눈을 마주치며 말했다.

"왜 그렇게 굳어 있지?"

한 번 더 고개를 돌려 선수들을 본 그는 벽에 몸을 기댄 채 팔짱을 끼고 말을 이었다.

"긴장할 것 없어. 우승 경쟁을 처음 해보는 것도 아니잖나."

"대부분 처음인데요."

민혁은 자기도 모르게 입을 열었다.

현 스쿼드에서 1군으로 프리미어리그 우승을 경험한 사람은 반도 안 됐다. 후보로 밀린 레만이나 질베르투 실바, 그리고 저스틴 호이트를 제외한다면 투레와 민혁이 아스날에서 우승을 경험한 사람의 전부였고, 굳이 더 추가하자면 첼시에서 우승을 경험하고 이적해 온 윌리엄 갈라스까지가 프리미어리그에서 우승과 우승 경쟁을 경험해 본 사람들이었다. 파브레가스도 당시 아스날 스쿼드엔 있었지만 리그는 단 한 경기도 뛰지 않았기 때문이었다.

다른 리그에서 우승을 하고 온 로시츠키를 포함해 봐야 고작 7명.

이런 상황에서 선수들이 떨지 않는 게 오히려 이상할 터였다.

"아, 그런가?"

벵거는 눈썹을 살짝 올리며 놀라움을 표시했다. 리그 우승이 당연시되었던 전성기의 아스날에 익숙한 그였기 때문에, 스쿼드의 절반 이상이 우승 경험이 없다는 데 놀라고 있는 것 같았다.

"괜찮다. 누구나 처음은 있는 법이니까."

벵거는 그렇게 말하며 화이트보드를 가리키다, 다시 고개를 돌리며 말을 이었다.

"한 경기만 이기면 우승 확정이다. 이번 경기에서 지더라도 남은 네 경기 중에서 두 번만 이기면 돼. 그러니까 너무 긴장할 것 없다.”

그 말은 분명 효과가 있었다. 이번 경기에 지더라도 다음이 있다는 걸 떠올리자, 선수들의 긴장감도 잦아들었다.

그로부터 1시간 후. 맨유와 아스날의 선수들이 그라운드로 향했다.

—2007—08 프리미어리그 제34라운드. 맨체스터 유나이티드 대 아스날, 아스날 대 맨체스터 유나이티드의 경기가 준비되고 있습니다. 주심은 하워드 웹이군요.

—아스날 팬분들은 아주 불만이 많겠어요. 하워드 웹이라고 하면 대표적인 친맨파 심판 아닙니까?

—친맨파요?

—그렇습니다. 일본의 편을 들면 친일파고 중국의 편을 들면 친중파죠. 맨유의 편을 들기로 유명한 하워드 웹이니 친맨파라고 부르는 게 맞을 것 같습니다.

조용찬 해설의 말이 끝나자마자, 중계를 하는 KBC 홈페이지엔 맨유 팬들의 욕설이 엄청나게 쏟아졌다. 어떻게 친일파와 같은 수준으로 놓느냐는 항의였다.

방송작가에게 이야기를 들은 PD는 손을 휘휘 저은 후, 조용찬 해설에게 빨리 다음 이야기로 들어가란 사인을 보냈다.

—먼저 원정팀 아스날의 라인업을 알려 드리겠습니다. 골키퍼에 디에고 로페스. 포백에 가엘 클리시와 콜로 투레, 미나기

타 히사토, 바카리 사냐가 서겠습니다.

—미나기타 히사토는 뜻밖인데요.

—아마 다른 선수들이 부상을 입은 게 아닐까 싶네요. 그리고 미드필더로 토마시 로시츠키, 마티유 플라미니, 세스크 파브레가스, 알렉산더 흘렙. 그 앞을 엠마누엘 아데바요르와 윤민혁 선수가 채우겠습니다.

—전형적인 4—4—2 전술이군요. 벵거 감독의 트레이드마크죠.

조용찬 해설은 아는 척 설명을 시도하려 했지만, 그 낌새를 눈치챈 송영준 캐스터가 재빨리 멘트를 가로챘다. 계속해서 그가 말을 하게 했다간 맨유 팬들의 욕설로 팔만대장경이 새겨질 것 같아서였다.

—그렇습니다. 무패 우승 멤버들이 해체되면서 잠깐 다른 포메이션을 시도했던 벵거 감독이지만, 윤민혁 선수가 베르캄프의 자리에서 준수한 활약을 보여주면서 다시 4—4—2 포메이션을 가동하고 있죠.

—네, 이번 경기에서도 윤민혁 선수가 좋은 활약을 보여주길 바라는 마음입니다.

—다음으로 홈팀 맨체스터 유나이티드의 라인업을 알려 드리겠습니다. 먼저 골키퍼에 에드윈 반 데 사르, 왼쪽 풀백에 파트리스 에브라, 센터백에 리오 퍼디난드와 네마냐 비디치, 오른쪽 풀백으로 웨스 브라운이 서겠습니다. 게리 네빌 선수

는 아직도 장기 부상에서 헤어 나오지 못한 모양이에요.

—그리고 미드필더는…….

맨체스터 유나이티드의 출전 명단을 전달하던 중계진은 놀란 목소리로 입을 열었다.

*　　　*　　　*

—오늘 박지석 선수가 스쿼드에서 빠졌네요. 긱스 선수와 호날두 선수가 양쪽을 채웁니다. 남은 자리는 폴 스콜스 선수와 오웬 하그리브스 선수. 벤치에는 나니 선수와 존 오셔 선수, 대런 플레처 선수가 대기하고 있습니다.

—아, 퍼거슨 감독 무슨 생각일까요. 이런 빅 매치에서 박지석 선수를 빼다뇨.

—그렇습니다. 특히 박지석 선수 하면 아스날 킬러로 유명한 선수잖습니까? 지금까지 리그에서 넣은 골의 20%가 아스날을 상대로 기록한 골인데 말이죠.

중계진은 탄식까지 섞어가며 아쉬워했다. 기대했던 코리안 더비가 무산된 것에 실망하는 모양이었다.

그러는 사이 선수들의 사열이 끝났고, 주심이 휘슬을 입에 물었다.

—하워드 웹 주심 휘슬을 붑니다. 맨체스터 유나이티드 대

아스날, 아스날 대 맨체스터 유나이티드의 경기가 이제 막 시작되었습니다.

홈팀 맨유의 선축으로 시작된 경기는 라이벌전에 걸맞는 치열함을 보였다. 루니와 테베즈를 앞에 둔 맨유는 스콜스의 롱패스와 호날두의 드리블로 아스날의 측면을 공략해 갔고, 아스날은 상황에 따라 최종 수비수의 숫자를 바꿔가며 맨유의 공세를 막으려 했다.

아스날의 전술은 공이 측면에 있을 땐 네 명의 선수가 수비라인을 세우고, 공이 중앙으로 들어가면 미나기타 히사토가 3선으로 올라오는 방식이었다. 사실상 3백에 수비형미드필더를 두 명 두는 것과 비슷한 진행이 되고 있는 셈이었다.

양쪽 풀백인 클리시와 사냐는 중앙으로 좀 더 집중해 플레이를 진행했다. 그로 인해 풀백의 측면 오버래핑은 기대하기 어려워졌지만, 중원이 좀 더 두터워진 덕분에 중앙 힘 싸움에선 맨유를 압도하고 있었다.

하지만 측면이 봉쇄되어 있다는 건 틀림없는 악재였다.

중앙에서는 수적 우위를 통해 볼 점유에서 이득을 봤지만 페널티박스로의 진입은 좀처럼 이뤄지지 않았다. 양쪽 풀백의 오버래핑을 통한 흔들기가 이뤄지지 않기 때문이었다.

그러던 전반 44분. 아스날 수비진의 집중력이 흩어진 틈을 탄 호날두의 침투가 이루어졌다.

"앗!"

콜로 투레는 호날두를 놓쳐 버렸다. 그러자마자 이어진 스콜스의 패스가 호날두의 발아래 정확히 닿았고, 호날두는 방향만 바꾸는 감각적인 터치로 아스날의 골망을 흔들었다.

—크리스티아누 호날두! 이번 경기에서 리그 28호 골을 터뜨립니다!

—아… 어떻게 저렇게 간결하게 골을 넣을 수 있죠?

중계진이 놀랄 때, 골 장면을 볼 수밖에 없었던 민혁도 혀를 내둘렀다. 호날두가 오프 더 볼의 최강자라는 사실은 알고 있었지만, 그걸 같은 경기장에서 확인하자 온몸에 소름이 돋는 느낌이었다.

더욱이 지금의 호날두는 완전체도 아니었다. 아직 호날두의 오프 더 볼은 완성되지 않았다는 뜻이었다.

그리고 전반은 거기에서 끝났다. 아스날이 공을 돌리자마자 하워드 웹이 전반전 종료를 알렸기 때문이었다.

전반 종료를 알리는 휘슬이 울리자마자, 민혁은 멍청하게 서 있는 미나기타에게 다가갔다. 아무래도 멘탈이 흔들려 버린 것 같아서였다.

미나기타는 소름이 우수수 돋은 팔뚝을 쓸어내렸다. 호날두의 플레이를 눈앞에서 보자 이게 유럽 축구라는 느낌이 확연히 스며드는 느낌이었다.

민혁은 굳어버린 그에게 다가가 입을 열었다.

"긴장했냐?"

"조, 조금… 도 안 했어."

그는 이를 악물며 민혁을 지나쳤다. 민혁에게 경쟁심을 불태우는 탓인지, 긴장하지 않은 척하려 노력하고 있는 게 눈에 보였다.

"네 책임 아니니까 신경 쓰지 마라."

"나도 알거든."

미나기타는 씩씩대며 경기장을 떠났다. 민혁이 격려차 해준 말이 오히려 그를 불태운 모양이었다.

후반전에 피치를 올린 미나기타는 특이한 방식으로 밥값을 해냈다. 웨인 루니와의 볼경합에서 팔꿈치로 코를 찍어버려 루니를 경기에서 퇴장시킨 것이다.

하워드 웹은 곧바로 카드를 꺼냈다.

—아스날의 미나기타 선수, 옐로카드를 받습니다.

—의도적인 플레이는 아니었던 걸로 보입니다. 하지만 결과적으로는 매우 위험한 플레이였죠.

—아스날 선수들도 수긍합니다. 레드카드가 나오지 않은 게 다행이에요.

루니는 맨유 의료진의 부축을 받아 경기장을 빠져나갔다. 코에선 붉은 피가 철철 흐르고 있었다.

벵거는 카드를 받은 미나기타를 빼고 펠리페 센데로스를 투입시켰다. 리그 첫 출전인 미나기타가 흔들릴 것을 방지함과 동시에, 포메이션을 정상적인 4—5—1로 돌려 측면을 흔들겠단 계산이었다.

맨유에선 루니를 병원으로 보내고 미드필더를 들여보냈다. 본래는 아스날에 입단해야 했지만, 민혁의 농간으로 인해 맨유로 이적하게 된 브라질 미드필더 데닐손이었다.

—아, 맨유에서 데닐손 선수를 투입합니다. 올 시즌 리그는 첫 출장이죠?

—그렇습니다. 지난 시즌에 퍼거슨 감독이 미래를 내다보고 영입한 선수인데요, 한동안 적응을 못 하고 방황하다 이번 시즌 컵 대회에서 제법 준수한 활약을 보였죠. 데닐손 선수의 인터뷰에 따르면 폴 스콜스 선수의 조언이 많은 도움이 됐다고 합니다.

—스콜스에게 배웠다면 손을 참 잘 쓰겠군요. 오늘 데닐손 선수의 강스파이크를 기대해도 될까요?

송영준 캐스터는 헛기침을 터뜨렸다. 오늘 맨유 팬들이 대폭발을 하는 날이구나 싶었다.

KBC 홈페이지는 맨유 팬들과 안티 팬들의 격전장으로 변해 있었다. 모든 걸 포기한 PD는 마음대로 하라는 듯이 손을 휘휘 젓고는 밖으로 나가 버렸다. 아무래도 담배가 절실한 것 같았다.

—아무튼 데닐손 선수가 나왔다는 건 리그에 적응할 준비가 끝났다는 이야기일 텐데요. 과연 이 경기에서도 컵 대회에서만큼의 활약을 보일 수 있을지 지켜봐야겠습니다.

그라운드로 들어온 데닐손은 동료들에게 손짓으로 포메이션 변경을 알리곤 후방으로 향했다. 스콜스와 하그리브스의 뒤편에서 수비형미드필더로 뛰게 된 모양이었다.

중계진은 곧바로 상황을 설명했다.

—맨체스터 유나이티드는 진형을 4—4—2에서 4—3—3으로 변경합니다. 루니와 투톱을 서던 카를로스 테베즈 선수가 단독으로 톱에 서고, 루니를 대신해 들어온 데닐손 선수가 수비형미드필더 자리로 가네요.

—아무래도 선제골을 넣었으니 좀 더 안정적으로 플레이를 하겠다는 거겠죠. 루니 선수가 멀쩡했더라면 계속해서 공격을 이어갔을 퍼거슨 감독이지만, 지금 벤치엔 루니만 한 스트라이커가 없으니까요.

—그렇습니다. 시청자 여러분께 다시 말씀드리면, 현재 맨유의 교체 명단으로 등록되어 있는 선수는 방금 교체된 데닐손 선수와 루이스 나니, 존 오셔, 대런 플레처와 토마스 쿠쉬착 선수입니다.

—골키퍼인 쿠쉬착 선수를 빼면 전부 2선 자원들이죠. 물

론 존 오셔 선수는 어떤 위치에 놓아도 제 몫을 해줄 수 있는 멀티 클래스지만요.

—사실 다들 대단한 선수들이죠. 루이스 나니 선수도 포르투갈에서 피구와 호날두의 후계자로 불리고 있고, 플레처 선수는 맨유 유스 출신으로 스코틀랜드의 차기 주장으로 꼽히는 선수니까요.

중계진은 은근히 맨유의 스쿼드에 찬사를 보냈다. 하기야 대한민국의 에이스를 밀어내고 벤치를 차지한 선수들이니, 대한민국의 체면을 생각하면 그들을 띄워야 했다.

그렇게 맨유 선수들에 대한 찬사가 이어지던 후반 26분.

아스날도 반격 포를 쏘아 올렸다. 파브레가스의 패스를 받은 로시츠키가 날린 무회전 슛이었다.

빠르게 날아간 공은 골키퍼 앞에서 흔들리며 떨어져 골망을 흔들었다. 무회전 슛을 의도하고 때린 건 아니었지만 반 데 사르마저도 반응하지 못한 환상적인 골이었다.

그러나 환호는 길지 않았다.

로시츠키의 환상적인 골이 터진 지 3분 후.

호날두는 다시 한번 앞서가는 골을 넣었다. 테베즈가 몸으로 버티며 만들어낸 기회를 놓치지 않는 중거리 슛이었다.

—크리스티아누 호날두, 이번 경기에서 리그 29호 골까지 성공시킵니다. 어쩌면 리그 30골이 나오겠는데요?

—아, 정말 대단한 선수입니다. 저런 선수가 있으니 박지석 선수가 나올 수가 없죠.

—맨체스터 유나이티드는 이번 골로 다시 아스날을 상대로 앞서갑니다. 아스날이 시즌 2패를 기록하게 될 것 같네요.

—우승 경쟁은 아직 끝나지 않았다는 시위 같기도 합니다. 역시 프리미어리그는 막판까지 가봐야 돼요.

맨체스터의 홈 팬들은 자리에서 일어나 호날두를 연호했다. 프리미어리그의 주인공은 바로 자신들이라는 걸 과시하고 있는 듯한 모습이었다.

잠깐 그 기세에 눌리기도 했지만, 민혁은 금세 평정을 찾았다.

"루니가 더 대단했어."

"…갑자기 무슨 소리야?"

"16살 때 본 루니가 지금 호날두보다 훨씬 더 크게 느껴졌었다고."

민혁은 16세 이하 팀에서 뛸 때 보았던 루니를 떠올렸다. 지금의 호날두도 분명 대단하지만, 그때 루니를 보며 느꼈던 것만큼의 충격은 아니었다.

절대로 따라잡을 수 없을 것처럼 보였던 그 당시의 루니와 달리, 지금의 호날두는 어떻게든 따라잡을 수 있을 것처럼 보였기 때문이었다.

"좀 더 열심히 뛰자. 아직 시간 10분 남았어."

플라미니는 이해를 못 하겠다는 표정으로 민혁을 보았다. 유스 시절의 루니를 보지 못했던 그여서인지, 루니도 대단한 선수긴 하지만 호날두에 비견할 만하다고는 생각하지 않는 것 같았다.

반격에 나선 민혁은 로시츠키와 패스를 주고받으며 페널티 박스로의 침투를 노렸다. 하지만 데닐손의 커버와 퍼디난드의 수비를 뚫을 방법이 보이지 않았고, 입술을 질끈 깨문 민혁은 뒤편으로 다가온 파브레가스에게 공을 넘기고 오른쪽 측면으로 빠졌다.

파브레가스는 막 라인을 깨는 흘렙에게 패스를 넘겼다.

—흘렙 패스 잡습니다! 빨라요!

—아, 비디치 선수가 몸으로 흘렙 선수를 막습니다. 패스를 돌리는 흘렙. 피지컬 차이를 극복하지 못하는 모습입니다.

—공은 바카리 사냐를 거쳐 세스크 파브레가스에게, 다시 플라미니를 거쳐 윤민혁 선수에게 이어집니다.

—앞에 선수가 많아요. 무리하지 말아야 합니다.

중계진의 바람과는 달리, 민혁은 다소 무리해 보이는 드리블로 수비진을 헤집었다. 단단한 수비를 보이는 퍼디난드와 비디치의 조합은 패스만으로 깨부수기엔 무리가 있었고, 이 상황에서 그걸 깰 수 있는 건 흘렙과 민혁 자신뿐이었다.

그러나, 맨유의 수비진은 민혁의 침투를 허용하지 않았다.

—퍼디난드 태클! 윤민혁 선수 넘어집니다.

—하워드 웹 반칙 아니라고 선언합니다. 에브라 공을 잡아 앞으로 패스. 긱스가 받아 다시 뒤로 넘깁니다.

긱스의 패스는 비디치를 향했다. 그때까지도 쓰러져 있던 민혁은 신음을 흘리며 일어나 비디치를 압박했고, 비디치는 공을 툭 쳐서 퍼디난드의 앞으로 보냈다.

민혁은 다시 그를 향해 달려갔고, 퍼디난드는 하그리브스를 바라보고 패스를 밀었다.

그 순간, 누구도 생각지 못했던 반전이 일어났다.

*　　　*　　　*

데닐손은 하그리브스에게 가는 퍼디난드의 패스를 가로채 뒤로 돌렸다. 자기 딴에는 반 데 사르에게 안정적으로 넘기겠단 생각이었지만, 그 패스는 막 자기 진영으로 돌아가려던 민혁의 발밑으로 굴러들었다. 그야말로 잘 차려진 밥상이 떡하니 굴러온 셈이었다.

민혁은 이 찬스를 놓치지 않았다.

—아스날 동점골! 윤민혁 선수가 공을 가로채 깔아 차는 슛으로 득점포를 터뜨립니다!

—맨유 선수들 황당하다는 표정입니다. 지금 다들 정신을

못 차리고 있어요.

—에… 다들 아시겠지만 데닐손 선수는 본래 아르센 벵거가 노리던 재원이었죠. 그런데 윤민혁 선수의 인터뷰로 정보가 새는 바람에 맨체스터에서 하이잭을 해 온 거 아닙니까?

—그랬었나요?

—네. 영입 당시에는 아무도 몰랐는데, 나중에 기사로 밝혀졌죠. 아는 사람이 드물 겁니다.

—그랬군요. 아무튼 이적 논의 전에 데려온 거니 하이잭은 아니지 않을까요?

중계진은 잠시 고개를 갸웃했다. 하이잭이라는 표현이 맞는지 아닌지 헛갈리는 모양이었다.

—아무튼 데닐손 선수의 플레이는 분명한 실책입니다. 유럽 최고의 패서로 꼽힌 아스날의 파브레가스 선수도 저렇게 완벽한 스루패스는 하기 어려웠겠죠. 윤민혁 선수로서는 10년 동안 부어온 곗돈을 탄 기분이었을 겁니다.

방송에서 그런 멘트가 나오고 있을 때, 맨유 벤치에 있던 퍼거슨은 뒷목을 잡고 휘청거렸다. 순간적으로 혈압이 오른 나머지 눈앞이 노랗게 느껴질 정도였다.

"저, 저놈 당장 내보내. 당장!"

맨유의 수석 코치 퀘이로스는 퍼거슨을 부축해 벤치에 앉혀놓곤 교체를 알리는 신호를 보냈다. 그러지 않았다간 퍼거슨이 고혈압으로 실려 갈 것 같았기 때문이었다.

—아, 데닐손 선수교체 되는 모양입니다. 가차 없는 징계성 교체. 과연 퍼거슨 감독입니다.

—보통 교체되어 들어온 선수는 부상이 아닌 한, 다시 교체를 시키지 않죠. 그런데 이렇게 교체를 시켜 버린다는 거는요, 방금 전의 실책도 실책이지만 전반적인 플레이가 감독의 마음에 들지 않았다는 거예요.

—그렇습니다. 방금의 실책은 마지막 물 한 방울이나 마찬가지였죠.

—물 한 방울요?

—왜 있잖습니까. 잔에 물을 가득 채우면 표면장력 때문에 물이 잔 위쪽으로 약간 부풀어 있는데, 거기에 물 한 방울이 더해지면 잔에 있던 물이 바닥으로 쏟아진다는…….

—문과라서 죄송합니다.

—…….

데닐손은 불만 가득한 표정으로 경기장을 나왔다. 그리고 그 자리는 플레처가 차지했다. 존 오셔를 넣어 수비적으로 플레이하는 대신, 플레처를 넣어 공격적으로 밀어붙여 승점 3점을 따내겠다는 생각이었다.

그러나 플레처의 배치는 별다른 효과를 거두지 못했다. 오히려 유스 시절부터 플레처를 상대로 싸워왔던 민혁에게 약점만 파악당해 위험한 순간을 몇 번이나 겪게 되었고, 결국 맨유와 아스날은 치열한 공방 끝에 2 대 2로 경기를 끝내게 되었다.

—하워드 웹 휘슬 붑니다. 오늘은 퍼기 타임이 적용되지 않는군요. 아스날은 이제 승점 2점만 따내면 리그 우승이 확정됩니다.

—남은 경기는 모두 하위권 팀 아닙니까? 사실상 아스날이 우승을 한 거나 마찬가지예요.

—그렇습니다. 에버튼을 제외하면 모두 강등을 걱정해야 하는 팀들이죠. 하지만 이 팀들이라고 만만하게 봐서는 안 됩니다. 다들 강등을 면하기 위해 사력을 다할 테니까요.

중계진은 기대와 우려가 반씩 섞인 멘트를 남기고 방송을 끝냈다.

그로부터 6일 후.

아스날은 다음 상대인 레딩과의 35라운드에서 대승을 거둬 리그 우승을 확정 지었다.

* * *

2007—08 시즌 리그 우승은 아스날이 했지만, 그 시즌의 주인공은 호날두였다.

호날두는 프리미어리그에서 34경기에 출전해 32골을, 그리고 챔피언스리그에선 11경기에 출전해 8골을 넣는 등의 활약을 보였다. 아스날전 활약으로 본래의 성적보다 1골이 더 많아진 성과였는데, 축구를 보는 사람이라면 누구나 찬사를 터뜨리게 만드는 기록이었다.

거기에 FA 컵과 칼링 컵에서의 득점까지 포함하면 한 시즌 43골을 기록한 셈이었다. 거기에 챔피언스리그 우승을 거머쥐는 것으로 리그 성적을 만회한 데다, 한 시즌 40골 이상을 기록한 윙어라는 임팩트도 가지고 있었다.

그것은 사우스햄튼의 레전드인 매튜 르 티시에 이후 처음 나온 대기록으로, 인사이드 포워드가 각광받는 시대를 열었다는 의미도 가지고 있었다.

"발롱도르는 아마 호날두겠지?"

"그럴걸."

민혁은 파브레가스의 질문을 듣고는 고개를 끄덕이며 말을 이었다.

"2위는 아마 메시가 할 거야."

"리오넬?"

"응."

민혁은 당연하다는 표정으로 말했다. 당연히 일어날 일이라고 생각했기 때문이었다.

비록 호날두만은 못했지만, 메시도 이번 시즌에 엄청난 경기력을 보여주었다.

메시는 라리가에서 28경기에 출전해 10골을 넣었고, 챔피언스리그에서는 9경기에 출전해 6골을 넣었다. 바르셀로나 내에서는 티에리 앙리와 사무엘 에투에 이은 세 번째 득점자였으며, 챔피언스리그로 한정할 경우 팀 내 최고 득점자였다.

이번 시즌에 호날두가 미친 활약을 보여주지 않았더라면, 챔피언스리그에서의 활약만으로도 발롱도르를 수상할 수 있을 선수였다는 이야기였다.

"우리는 가망 없겠지?"

"수상 후보군엔 들지 않을까?"

파브레가스는 미간을 찌푸리고 고개를 저었다. 리그에서 1패만 기록하고 우승한 팀의 주역인데도 발롱도르 포디움(최종 3인)에 들지 못할 거라고 생각하자 아쉬움이 짙었던 모양이었다.

"다음 시즌에 더 잘하면 되지. 이번처럼 우승하고 챔피언스리그 4강에만 들어도 가능성 있을걸."

"그게 쉬우면 앙리가 떠나질 않았겠지."

민혁은 쓴웃음을 물었다. 하기야 챔피언스리그 우승의 가능성이 보였다면 앙리가 아스날에 남았을 테니, 현재의 아스날로서는 빅 이어에 입을 맞추는 것보다 무패 우승에 다시 한번 도전해 보는 게 가능성이 높을지도 몰랐다.

"참, 감독님이 널 찾으시던데?"

"날?"

민혁은 고개를 갸웃거렸다. 딱히 짐작이 가는 구석이 없어서였다.

파브레가스와 헤어진 민혁은 벵거가 있는 감독실로 향했다.

"부르셨어요?"

"그래, 앉아라."

벵거는 자신의 책상 앞에 있는 의자를 가리켰다. 민혁은 무슨 일인지 모르겠다는 표정을 지으며 거기 앉았고, 벵거의 입에선 바로 본론이 나왔다.

"첼시에서 또 이적 제의가 왔구나."

"또요?"

민혁은 인상을 썼다. 2006년 독일 월드컵이 끝난 후, 매 시즌마다 첼시에서 제안이 날아오고 있었기 때문이었다.

"로만이 너한테 단단히 꽂힌 모양이던데……."

"이번엔 얼만데요?"

"5,000만 파운드구나."

"그 돈으로 토레스나 사라고 하세요."

민혁은 실소를 섞어 말하곤 화제를 돌렸다.

"그보다 우리 팀 영입은 어떻게 됐어요?"

"아, 그래. 그렇지 않아도 의견을 좀 들어볼 생각이었다."

벵거는 첼시에서 날아온 제안서를 구겨 쓰레기통에 집어넣곤 서랍을 열었다. 흘렙의 빈자리를 채울 대체 선수를 구하기 위해 고심한 흔적이 엿보이고 있었다.

흘렙은 이번에도 아이스크림 드립을 남겨 아스날 팬들을 빡치게 한 끝에 바르셀로나로 튀어버렸다. 협상장에서 아이스크림을 먹으며 이야기를 나눴을 인터 밀란은 무리뉴가 부임하면서 아예 없던 일이 되었고, 그 차선책으로 바르셀로나행을 택한 것이다.

"아르샤빈은 안 판대요?"

"2,500만 파운드를 요구하더구나."

벵거는 쓴웃음을 물었다. 한 선수에게 1,500만 파운드 이상을 쓰지 않겠다 다짐한 그였던 까닭에 2,500만 파운드라는 말을 듣자마자 손을 떼어버린 모양이었다.

'하긴.'

민혁은 납득했다. 원래도 이적료를 깎으려 피눈물 나는 노력을 한 끝에 1,500만 파운드로 타협을 보았던 벵거가 아니었던가.

물론 거기엔 운도 따랐다. 4,000만 파운드 이상이 논의되던 아르샤빈이 낙동강 오리알 신세가 되어버린 덕분에 아스날에 기회가 왔던 거니 말이다.

"혹시 다른 선수를 추천받은 적이 있는지 듣고 싶구나."

벵거는 민혁이 만들어낸 가상의 스카우터가 가진 안목을

완전히 믿는 것 같았다. 하기야 지금까지의 성과만 보아도 믿지 않는 게 이상할 터였다. 선수의 성장에 관한 한 전혀 틀림이 없기 때문이었다.

민혁은 잠깐 고민하다 입을 열었다.

"진짜로 추천하고 싶은 선수가 있긴 한데 좀 비싸요."

"호날두는 아니겠지?"

"호날두는 유스 팀에 있을 때 브래디한테 추천했었고요. 그때 사 오셨어야 했는데……."

벵거는 오른손으로 자신의 얼굴을 쓸어내렸다. 그때 그냥 넘겼던 자신의 판단을 되돌리고 싶은 심정이었다.

잠시 괴로워하던 그는 헛기침을 두어 번 터뜨린 후 말했다.

"그래, 누구지?"

"아약스에 있는 루이스 수아레스요. 1년 임대로 맡기고 다다음 시즌에 영입하는 걸로 하면 좋을 것 같은… 같다던데요."

"루이스 수아레스라……."

"2,000만 파운드 정도면 영입이 가능할 거예요."

벵거는 갈등에 빠진 표정을 지었다.

"그 스카우터는 수아레스를 어떻게 보고 있지?"

"호나우두와 비교가 가능할 정도래요."

"호나우두? 브라질?"

"네."

엄밀히 말하면 호나우두와 비슷한 수준은 아니었다. 하지만 호나우두와 가장 흡사한 스타일을 가지고 있었고, 호나우두가 가진 능력의 90% 정도는 보인다는 평가를 받는 게 수아레스였다.

벵거는 믿을 수 없다는 표정을 보였다. 그도 그럴 게, 호나우두와 비교가 가능할 정도라면 호날두를 제치고 발롱도르를 손에 넣을 수 있을 정도여야 했기 때문이었다.

그걸 느낀 민혁은 재빨리 말을 보탰다.

"아, 지금이 아니라 3~4년 후에요. 지금은 벤제마보다 약간 급이 떨어지는 정도?"

벵거는 급격히 흥미를 가졌다. 그렇지 않아도 벤제마 영입에 공을 들이고 있던 아르센 벵거였다. 물론 리옹 구단주인 장 미셸 올라가 '4,000만 유로로는 벤제마의 귀 한쪽밖에 사지 못할 것'이라는 명언을 남긴 후로는 곧바로 관심을 끊었지만, 그래도 아쉬움은 항상 느끼던 그였다.

"수아레스를 사 오면……."

"제가 흘렙 자리로 내려가고, 제 자리에 수아레스가 서면 되죠."

"좋은 생각이긴 하다만, 네 말대로 영입을 1년 유예한다면 흘렙의 공백을 채울 수 없을 텐데."

"그 1년 동안은 반 페르시를 믿으면 안 될까요?"

벵거는 미간을 좁혔다. 자신도 반 페르시를 믿고 있지만 그의 몸만은 믿을 수 없다는 표정이었다.

그 표정에 반론을 제기할 수 없던 민혁은 쓴웃음을 문 채 말을 이었다.

"아무튼 수아레스는 꼭 영입하세요. 지금 2,000만 파운드 선에서 살 수 있는 선수들 중에선 최고니까요."

"어째 성공할 거라고 확신하는 것 같구나."

민혁은 힘차게 고개를 끄덕였다. 2011년 리버풀에 입단하자마자 프리미어리그를 충격에 빠뜨렸던 수아레스를 기억했기 때문이었다.

"…조금 고민해 보마."

"이번에 놓치면 호날두 놓친 것만큼 괴로우실 거예요."

벵거는 가볍게 웃었다. 긍정적으로 검토를 하겠다는 의미였다.

"좋아. 그럼 이만 나가보거라."

민혁은 그에게 인사하고 밖으로 나갔고, 얼마 후 복도에서 아데바요르를 발견하고 다가가다 움찔하며 발을 멈췄다.

아데바요르는 핸드폰을 붙잡고 싸우고 있었다.

3
FC Arsen

"이번 달에 20만 파운드나 보내줬잖아! 또 무슨 돈을 달라는 거야!"

아데바요르는 연거푸 소리를 질렀다. 그에 맞춰 그가 든 핸드폰에서도 날카로운 목소리가 터져 나왔다. 거리가 꽤 떨어져 있는 민혁마저도 눈살을 찌푸릴 정도로 찢어지는 음색이었다.

그는 통화를 하는 상대방과 계속해서 목소리를 높이며 흥분을 더했다. 아무래도 가족들이 무리한 요구를 하고 있는 것 같았다.

그 대화는 프랑스어로 이어지고 있었으나, 민혁이 알아듣는 데엔 무리가 없었다. 워낙 프랑스어를 쓰는 팀원이 많은 탓에, 어느새 프랑스어에 익숙해진 민혁이기 때문이었다.

'가족인 것 같은데…….'

슬쩍 몸을 피한 민혁은 회귀 전 보았던 기사를 떠올렸다. 아데바요르가 토고의 가족들에게 오랜 기간 착취를 당해왔다는 내용의 기사였다.

그 일들이 폭로된 건 2015년.

다시 말해, 아데바요르는 앞으로도 7년 이상 가족들의 착취를 견뎌야 한다는 이야기였다.

그에게 다가가려던 민혁은 걸음을 멈췄다. 이런 상황에서 말을 걸어봐야 좋은 말을 듣기는 힘들어 보였다.

적어도 아데바요르 자신이 상황을 해결할 의지가 있어야 말이 될 텐데, 지금의 아데바요르는 짜증을 내면서도 결국 가족들의 요구를 수용해 주던 시기라 화만 낼 가능성이 상당히 높았다.

민혁은 일부러 건물을 돌아 밖으로 나왔다. 아데바요르와 마주치지 않기 위해서였다.

"아프리카 선수들도 정말 힘들겠구나."

60년대 이전의 한국이 그랬던 것처럼, 개발도상국 상태에 있는 아프리카 국가들은 성공한 사람이 가족과 친지를 책임지는 걸 당연하게 여기는 분위기가 있었다.

심지어 200명에 달하는 친척들까지 먹여 살리는 사람까지 있을 정도였으니, 그들이 높은 주급에 쉽게 흔들리는 것도 마냥 비난할 거리는 되지 못했다.

물론 아데바요르의 가족들만 한 막장은 찾아보기 힘들지만 말이다.

그런 생각을 하던 민혁은 문득 한국에 있는 가족들을 떠올렸다.

"한국에나 가볼까."

* * *

약 10개월 만에 돌아온 한국은 상당히 더웠다.

"엄마, 에어컨 없어요?"

"넌 지금 나이가 몇인데 아직도 엄마야?"

박순자 여사는 투덜대는 민혁을 슬쩍 보곤 선풍기를 밀었다.

"내가 매달 천만 원씩 보내주잖아요. 근데 왜 집에 에어컨이 없는 건데요."

"에어컨 바람 몸에 안 좋다더라. 선풍기면 됐지 무슨 에어컨까지 써."

"이상한 소리 믿지 말고 중고라도 빨리 사요."

민혁은 한숨을 쉬었다. 그동안 한국에 와도 집에서 길게 쉬지 않았던 민혁이라 에어컨의 유무에 대해 신경을 안 썼지만, 오랜만에 집에서 오랫동안 쉬게 되니 에어컨의 부재가 너무나도 버거웠다.

잠시 선풍기로 버티던 민혁은 혀를 내두르며 일어났다.

"안 되겠다. 저 나가요."

"어디 가는데?"

"더워서 에어컨 쐬러요."

민혁은 욕실에 들어가 머리만 감고 밖으로 나갔다.

"아, 진짜 덥다."

도로를 메운 아스팔트는 뜨거운 열기를 계속해서 뿜어냈다. 그 열기에 지친 민혁은 200m도 걷지 못하고 가까운 카페로 들어가 핸드폰을 꺼냈다. 한국에 온 김에 작년 구입한 구단의 상태를 알아보고 싶었던 것이다.

전화를 걸기 전, 민혁은 먼저 카운터로 다가가 커피를 주문했다.

"아메리카노 한 잔 주세요."

"사이즈는요?"

"톨요."

커피를 받아 들고 자리에 앉은 민혁은 양주호의 번호를 찾아 전화를 걸었다.

신호음이 서너 번 울린 후 통화가 이루어졌다. 월요일 오후라 그런지 양주호도 한가한 모양이었다.

—어, 그래. 민혁이냐?

"네, 구단은 어때요? 감독 할 만하세요?"

—아니, 죽겠다.

"왜요?"

양주호는 한숨을 푹 쉬고 말을 이었다.

—이놈의 시의원들이 하는 일마다 사사건건 간섭이야. 넌 왜 여기서 안 뛰고 아스날에서 뛰냐는 미친놈도 있어서 지금 속이 말이 아니다.

"뭐 하는 놈이에요?"

—신천지당 시의원.

"아……."

민혁은 순식간에 납득하곤 고개를 끄덕였다. 그 당 소속이라면 그런 미친 소리를 당당하게 하는 것도 이상하지 않았다.

"그래서 뭐라고 했어요?"

—당신이 대통령 되면 데려오겠다고 했지. 그랬더니 씨발씨발거리면서 그냥 가더라.

"그거 진짜… 아, 감독님. 잠깐만요."

민혁은 잠시 통화를 멈췄다. 자신을 알아본 사람들이 다가와 사인을 요청했기 때문이었다.

다섯 장이나 되는 사인을 해준 민혁은 난처한 표정으로 핸드폰을 가리키며 그들에게 말했다.

"죄송한데 지금 통화 중이라서요. 사진은 나중에 기회가 되면……."

"그냥 지금 찍어주면 안 돼요? 얼마 안 걸리잖아요."

"…그럼 한 장만요."

그들은 재빨리 사진을 찍고 떠났다. 그래도 사진을 건져서인지 기분이 나빠 보이지는 않았다.

—무슨 일이야?

"잠깐 사인 좀 해달라고 해서요."

—너 진짜 유명인이긴 하구나.

민혁은 쓴웃음을 물었다. 어째 영국에서보다 여기에서 자신을 더 알아주는 느낌이었다. 그곳에서는 가끔 반갑다고 악수를 청하는 사람은 나와도, 지금처럼 사인을 해달라고 하는 팬들은 구장에서나 볼 수 있었기 때문이다.

하기야 런던은 세계적인 도시였고, 때문에 민혁보다 더한 유명인들이 수두룩했다. 당장 옆 동네인 서런던만 해도 디디에 드록바나 프랭크 램파드, 그리고 얼마 전까지는 발롱도르 트로피를 차지했던 셰브첸코도 심심찮게 보였으니 말이다.

그러니, 아스날에서나 핵심 선수 취급을 받는 민혁은 주목

도가 떨어질 수밖에 없었다.

'억울해서라도 발롱도르 한 번은……. 힘든가?'

민혁은 고개를 떨궜다. 그러고 보니 이제 메시와 호날두가 미쳐 날뛸 시기였다.

—야, 야, 윤민혁!

"네?"

—뭐 하느라 말이 없어?

"그냥 생각 좀 하느라요. 그런데 무슨 말씀 하셨어요?"

—너 여기 올 생각 없냐고. 그래도 구단주인데 한 번은 와야지.

"음……."

잠깐 고민하던 민혁은 그에게 질문을 던졌다.

"거기 에어컨 빵빵하게 나와요?"

*　　　*　　　*

"너 에어컨 앞에서 뭐 하는 거야?"

최주평은 에어컨 앞에 멍청히 서 있는 한석준을 보고는 미간을 좁혔다. 에어컨 바람에 땀 냄새가 배지 않을까 싶어 하는 표정이었다.

그를 본 한석준은 한숨을 푹 쉬고 입을 열었다.

"와이프가 전기세 아깝다고 에어컨을 못 켜게 해서요. 회사에서라도 실컷 쐬고 싶어서 이러고 있습니다."

"두 달 전까지만 해도 신혼이라고 아주 좋아 죽더니만."

"편집장님 말씀이 옳았습니다. 결혼은 하면 안 되는 거였어요."

그는 터덜터덜 걸어서 자리로 향했다. 신혼이 끝나자마자 찾아온 바가지에 정신이 혼미해져 있는 것 같았다.

자리에 엎드린 그는 앞에 앉은 이아영을 향해 말을 건넸다.

"이 기자."

"네?"

"이 기자는 나중에 남편한테 바가지 긁지 마."

"저 결혼 안 할 건데요?"

"웃기고 있네."

"…편집장님 왜 자꾸 그래요."

최주평은 코웃음을 친 후 곧바로 말했다.

"내 선배 중에 굉장히 깐깐한 여자가 있었거든? 그 선배가 맨날 하는 말이 그거였어. 난 무슨 일이 있어도 결혼 안 한다."

"그런데요?"

"서른 다 돼서 부모님 성화로 선보러 간다고 투덜대더니, 돌아오고 일주일 만에 청첩장 돌리더라."

"전 진짜예요!"

이아영은 얼굴까지 붉히며 외쳤다. 한때 못 해본 연애에 대한 환상에 젖기도 했던 그녀였지만, 팍팍한 삶에 적응해 가면서 평생 혼자 사는 것도 나쁘지 않겠다 싶었던 것이다.

최주평은 또 한 번 코웃음 치고는 고개를 돌렸다.

"참, 한석준 너 제천에 좀 다녀와라."

"제천요?"

"그래, 나 아는 놈이 그곳 축구단 구단주인 거 알지?"

"윤민혁 선수요?"

"응."

"윤민혁 선수 인터뷰면 이 기자가 가야죠."

"선배님!"

이아영은 버럭 소리를 질렀다. 이상한 데 엮지 말라는 표정이었다.

"야, 한석준. 그냥 니가 가라. 쟤 보내려고 했다간 저 손톱으로 너랑 내 얼굴을 할퀼 것 같아."

"제가 무슨 고양이예요?"

"고양이보다는 사자에 가깝지."

"편집장님 진짜 자꾸 왜 그러세요……."

이아영은 질렸다는 표정으로 그들을 보았다. 이건 마치 좋아하는 여자애를 놀리는 초등학교 남학생들 같지 않은가.

그런 표정을 읽기라도 했는지, 한석준은 헛기침을 두어 번 터뜨린 후 입을 열었다.

"그럼 이 기자가 갈래?"

"안 가요!"

이아영은 단호하게 거부를 알렸다. 민혁을 만날 때마다 느끼는 어색함을 견디기 어려운 탓이었다.

"한석준. 잔머리 굴리지 말고 그냥 가. 제천이면 기차 타고 금방이야."

"그냥 차 가지고 가겠습니다. 유류비 지원되죠?"

"돼."

"가능하면 현금으로 좀……."

최주평은 코웃음을 치곤 그에게 물었다.

"너 인마. 그게 목적이지?"

"와이프가 용돈을 10만 원밖에 안 줘요… 오늘도 컵라면으로 때워야 할 분위깁니다."

그는 처량한 표정으로 한숨을 쉬었다. 저러다 사무실 바닥이 꺼지지나 않을까 싶은 느낌이었다.

"…그래, 내가 경영 지원과에 현금으로 달라고 말해놓을 테니까 가서 받아 가."

"감사합니다!"

한석준은 반색했다. 아직 담배가 1갑에 2,500원 하던 시기였지만, 월 용돈 10만 원은 헤비 스모커인 그에겐 치명적인 타격이었다.

용돈 10만 원으로는 담뱃값을 대는 것만으로도 허리가 휘청일 정도라, 2,000원에 살 수 있는 구내식당 식권도 건너뛰는 경우가 많았으니까.

"너 담배 끊어라. 나도 흡연자였지만 담배 그거 좋은 거 하나 없어."

"저도 피우고 싶어서 피우는 거 아닙니다. 이놈의 담배라는 게……."

"헛소리하지 말고 끊어. 너 내가 담배를 얼마나 많이 피웠었는지 알잖아?"

움찔한 한석준은 방어를 시도했다.

"저도 편집장 되면 끊겠습니다."

"너 지금 나 은퇴하라는 거냐?"

하지만 반응은 좋지 않았다. 한마디만 더 했다간 불벼락이 내릴 분위기였다.

"아뇨, 편집장님은 65살까지 쭉 계셔야죠. 은퇴라뇨."

"뭐? 너 지금 나보고 65살까지 편집장이나 하다 가라는 거야?"

"그 말이 왜 또 그렇게 됩니까……."

"시끄럽고, 지금 경영 지원과에 전화 한 통 해놓을 테니까

유류비 받아서 제천으로 꺼져."

"알겠습니다!"

한석준은 카메라를 챙겨 자리에서 일어났다. 왠지 서두르는 기색도 느껴지고 있었다.

그가 막 사무실을 나가자마자, 최주평은 코웃음을 치며 입을 열었다.

"저놈 저거 현금이 엄청나게 급했나 보네."

"안 그래도 요즘 죽겠다던데요. 와이프가 담배 피우는 것도 슬슬 간섭하기 시작했다면서요."

최주평은 한석준의 옆자리에 앉은, 그리고 방금 대답한 사람이기도 한 나병일 기자를 향해 고개를 돌렸다.

"근데 넌 왜 여기 있냐? 자이언츠 경기 보러 안 가?"

"올해도 가을야구 못 하게 생긴 팀이라 응원할 맛이 안 나서요. 야구팀 취재는 응원하러 가는 건데 이래서야 영……."

"거기 언제 가을야구 한 적은 있냐? 자이언트 시절에나 잠깐 했잖아."

나병일은 한숨을 푹푹 쉬었다. 자이언츠의 광팬인 그로서도 반박을 하기 힘든 이야기였다.

그러던 그는 나름 반격을 시도했다.

"그래도 성적 많이 올라왔습니다. 요샌 분위기 좋아요."

"그래 봐야 2001년부터 4년 연속 꼴찌 하던 팀 아냐. 2005년에 잠깐 5위 했다가 재작년이랑 작년엔 8팀 중에서 7위 했고."

"올해는 다릅니다. 분명히 우승할 거예요."

최주평은 코웃음 치며 단호히 말했다.

"꿈 깨. 자이언츠 우승보다 대한민국 월드컵 우승이 훨씬 더 빠를 거다."

* * *

제천 시민 구단은 제천 종합운동장을 홈구장으로 쓰고 있었다. 지방에 있는 종합운동장치고는 나쁘지 않은 시설이었지만, 축구 전용 구장이 아니라 그런지 불편한 점이 적지 않았다.

"여기 뷰가 왜 이래요?"

"종합운동장이니까 그렇지. 육상 트랙 때문에 시야가 제대로 안 잡히는 건 당연한 거야."

"…관중은 얼마나 와요?"

"얼마 안 와. 홈경기에 대충 100명 정도?"

민혁은 한숨을 쉬었다. 6만 석이 꽉 차는 아스날과 비교를 하는 건 너무하겠지만, 그래도 아마추어 수준인 잉글랜드 5부 리그보다도 관중이 적다는 건 한숨이 나올 수밖에 없는 이야기였다.

실망한 민혁을 본 양주호는 민혁의 어깨를 툭툭 치며 말했다.

"야, 내셔널 리그는 다 이래. 오죽 관중이 없으면 공기업에서 직원들 강제로 차출해서 관중으로 보내겠냐."

"아니… 그래도 100명은 좀 너무하잖아요. 저 아스날 유스에서 뛸 때도 그만큼은 왔어요."

"그래도 대한민국에서 인구 13만인 도시에서 관중이 100명이면 많이 오는 거야. K리그도 평균 관중이 1만 명도 안 되는 구단이 널린 나라 아니냐."

그 말은 민혁을 납득시켰다. 하기야 축구가 생활화된 영국과 한국을 비교하는 건 좀 불공평했다. 영국은 한국에 있는 PC방 숫자만큼의 축구단이 있는 나라였으니까.

"일단 내셔널 리그에서는 이 구장을 쓰고, 나중에 K리그 올라갈 때 전용 구장을 요구해 보자. 저기 고양이나 부천 이런 곳으로 가면 될 거야."

"순순히 지어줄까요?"

"고양은 2012년에 이전한다고 하고 있고, 부천은 이미 연고 이전을 해서 튄 구단이 있던 곳이잖아. 그 구장 쓴다고 하면 되지."

민혁은 잠깐 고개를 갸웃하다 입을 열었다.

"거기도 전용 구장 아니잖아요."

"…그랬나?"

"저보다 모르시면 어떡해요."

민혁은 한숨을 쉬었다. 부천이야 K3 리그 팀이니 그렇다고 쳐도, 고양은 제천 시민 구단과 같은 리그에 있는 팀이었다. 그런데도 전용 구장인지 아닌지를 모른다는 건 한숨이 나오는 이야기였다.

'팀 구성 초기라 바빠서 그렇겠지.'

애써 좋게 생각한 민혁은 고개를 끄덕인 후 말을 이었다.

"일단 구단 계좌에 3억 정도 넣어놓을 테니까 가변석이라도 설치해 주세요."

"3억이나?"

"그래도 구단주인데 이 정도는 해야죠."

양주호는 잠깐 입을 벌린 채 민혁을 보다, 핸드폰을 꺼내 가변석 설치 금액을 확인해 보았다.

"어, 3억이면 가변석 천 개 정도는 설치할 수 있겠는데? 이거 완전 돈 낭비 아니냐?"

"그 정도는 해야죠."

"야, 관중 많아야 100명 온다니까."

"행사도 좀 하고 그러세요. 영국도 팬의 날 같은 행사 해서 관중 끌어모으고 그래요."

"그래 봐야 안 와."

양주호는 여전히 부정적이었다. 이런 상황에 너무 익숙해져서인지 개선 방법도 생각하지 않는 것 같았다.

"정 안 되면 조기 축구회 사람들한테 표 좀 나눠 주고 그러던가요. 여기도 조기 축구 하는 사람은 많을 거 아니에요."

"그 사람들이야 자기들 축구하고 술 마시는 데에나 관심이 있지, 내셔널 리그 구단엔 관심도 없어."

민혁은 살짝 미간을 좁혔다. 한국에서는 생활체육과 프로 축구가 괴리되어 있다는 건 알고 있지만, 그래도 구단 관계자까지 이런 생각을 하고 있다는 건 마음에 들지 않았다.

"그럼 이런 거라도 해요. 관중들 대상으로 추첨을 해서, 당첨되면 한 달 정도 무료로 축구 교습을 시켜준다던가……."

"어, 그거 괜찮은데?"

"그거 말고도 축구장 무상 임대 같은 것도 괜찮고요. 보통 이만한 축구장 빌리려면 두 시간에 20만 원 정도 하잖아요?"

"넌 영국에서 살던 놈이 어떻게 한국 시세를 그렇게 잘 알아?"

민혁은 그 질문에 쓴웃음만 물었다. 회귀 전 IRC 소프트 축구단에서 구장 예약을 도맡았던 적도 있기 때문이었지만, 그렇게 말할 수는 없는 일이었다.

"그냥 알게 됐어요."

"그래? 아무튼 알았다. 그거 한번 고민해 보마. 아, 그리고……."

"그리고?"

"사진 좀 찍자."

민혁은 고개를 갸웃했다. 갑자기 웬 사진이란 말인가.

"갑자기 무슨 사진이에요?"

"이사인가 뭔가 하는 놈이, 너 온다고 하니까 네 사진 박힌 플래카드 만들어서 걸어두자더라."

민혁은 실소를 터뜨렸다. 이거 완전 안 팔리는 음식점이나 할 법한 발상이 아닌가.

하지만 굳이 반대를 할 이유도 없어 고개를 끄덕일 때, 이 더위에도 양복을 입은 남자 하나가 주변을 두리번거리다 민혁을 발견하고 달려와 입을 열었다.

"안녕하세요. 한영 일보 한석준입니다. 윤민혁 선수시죠?"

"한영 일보요?"

"네, 최주평 편집장님 밑에서 일하고 있습니다."

민혁은 경계심을 풀었다. 그래도 공통으로 아는 사람이 있다는 게 어색함을 줄여준 덕분이었다.

그러던 민혁은 문득 의문을 느끼고 질문을 던졌다.

"그런데 여긴 어떻게……."

"어제 편집장님이랑 통화하셨죠?"

"네, 근데 여기 온다는 이야기는 안 했는데요."

"그게 촉이라는 거죠. 괜히 기자겠습니까."

한석준은 웃으며 손을 내밀었다. 그러자 양주호는 민혁보다 먼저 그 손을 잡고 힘차게 흔들다, 당황하는 한석준에게서 고개를 돌려 민혁을 보고는 입을 열었다.

"인터뷰 좀 해드리고 그래. 이참에 구단 홍보도 좀 하자."

"뭐… 그거야 별로 어렵진 않죠."

민혁은 대수롭지 않다는 듯이 답했다. 박순자 여사의 눈을 피해야 했던 어릴 적이라면 모를까, 지금은 인터뷰를 하는 게 꺼릴 일도 아니었다.

하지만 별로 반색하는 느낌은 아니라, 한석준은 코 밑을 슬쩍 훔치곤 웃음기를 띤 채 말을 꺼냈다.

"혹시 이 기자가 안 와서 실망하셨나요?"

"네? 누구요?"

"이아영요."

"아……."

민혁의 표정은 순식간에 굳어졌고, 그걸 본 한석준은 당황해 버렸다. 남자임이 분명한 민혁이 이아영 같은 미인의 이야기가 나왔는데도 표정이 굳어버림을 이해할 수 없어서였다.

"혹시 이아영 기자가 윤민혁 선수에게 무슨 실례라도 했나요?"

"아뇨. 그건 아니고……."

잠시 머뭇거리던 민혁은 한숨을 쉬며 사실을 실토했다. 어릴 때 영국에서 자신을 스토킹했던 여자애와 너무 닮아서 본능적으로 움찔하게 된다는 내용이었다.

한석준은 웃어야 할지 울어야 할지 모르겠다는 표정으로 민혁을 보았다. 남의 입장에서 보면 엄청 웃긴 이야기지만 당사자들 간에는 나름 심각한 이야기일 게 분명하기 때문이었다.

"이 기자 이거 모르죠?"

"…네."

민혁의 대답을 듣고, 한석준은 억지로 웃음을 참으며 고개를 끄덕이곤 입을 열었다.

"아무튼 인터뷰 요청을 좀 드리고 싶은데요. 그 전에 잠깐 준비 좀 하고 와도 될까요?"

"준비요?"

"장비가 다 차에 있어서요. 감독님만 계실지도 몰라서 카메라를 안 가져왔는데, 윤민혁 선수도 있으니까 사진도 찍고 그래야죠."

"아, 네……."

민혁은 어색하게 고개를 끄덕였다. 그리고 그 옆에 있던 양주호는 떫은 감 씹은 표정으로 한석준을 보았다. 누군 얼굴이고 누군 상판대기냐 하는 투덜거림도 이어졌지만, 이런 일에 익숙했던 한석준은 양주호의 투덜거림엔 아랑곳하지 않은 채

차를 향해 걸어갔다.

그렇게 도착한 차 앞에서, 한석준은 핸드폰을 꺼내 문자를 보냈다.

* * *

[윤민혁 선수가 너한테 왜 그러는지 알아냈다.]

이아영은 미간을 좁힌 채 핸드폰을 보았다. 기사나 따 오랬더니 쓸데없는 짓을 한다는 느낌이었다.

"이 기자, 표정이 왜 그래?"

"한석준 선배가 이상한 문자를 보내서요."

"왜? 부인이랑 이혼할 테니 결혼해 달래?"

무심코 장난을 걸었던 최주평은 이아영의 표정을 보고는 두 손을 모아 싹싹 빌었다.

"미안, 미안. 나 원래 실없는 거 잘 알잖아."

"방금 그 말 되게 기분 나빴거든요?"

"석준이가 그렇게 싫냐?"

"싫은 건 둘째 치고 유부남이잖아요."

최주평은 할 말이 없다는 표정으로 고개를 끄덕이다 움직임을 멈췄다.

'잠깐, 싫은 건 둘째 치고?'

곰곰이 생각하던 그는 고개를 끄덕였다. 그럴 만하다는 느낌이었다.

하기야 현재 와이프를 만나기 전에 이아영에게 미묘한 대시를 하다 기피 대상이 되기도 했던 한석준이었다. 그래도 민폐 수준까지 가지는 않았기에 한 사무실에서 같이 일을 할 수는 있었지만, 딱히 편하지는 않았을 터였다.

그것도 이젠 오래전의 이야기지만.

"아무튼 그놈이 뭐래?"

"이렇게 왔어요."

최주평은 이아영에게서 핸드폰을 받아 문자를 읽었다.

"어? 나도 들은 적 없는데 이놈이 어떻게 알았지?"

"선배가 그래도 넉살은 좋잖아요."

"그거야 그렇지."

최주평은 고개를 끄덕였다. 그게 바로 한석준의 유일한 장점이었다.

그래도 그런 장점이 있으니 지금까지 기자 생활을 하고 있는 게 아니겠는가.

"아무튼, 이유가 뭐래?"

"아직 안 물어봤어요."

"물어봐. 나도 궁금하네."

이아영은 핸드폰을 빤히 보다, 최주평이 보채서 어쩔 수 없이 물어본다는 투로 답장을 보냈다. 사실 자신도 궁금하긴 했지만 자존심을 세우기 위해선 그런 식으로 물어볼 수밖에 없었다.

답장은 금방 왔다.

[어릴 때 자길 쫓아다니던 스토커가 너랑 많이 닮았대.]

이아영은 손으로 얼굴에 부채질을 하며 중얼거렸다. 어찌나 당황스러운 이야기였던지 얼굴에서 열이 확확 올라올 지경이었다.

“아, 진짜 어이없어.”

“왜? 뭐래?”

“보세요.”

최주평은 핸드폰을 받아 문자를 읽고는 태연히 답했다.

“왜? 민혁이 정도면 스토커 붙을 수도 있지. 거기다 영국은 축구선수 인기가 엄청 좋잖아.”

“그건 그거고요!”

이아영은 아예 책상에 있는 서류철을 들어 부채질을 시작했다. 시간이 지날수록 점점 열기가 올라오는 느낌이라 손바람만으로는 성이 안 찼다.

약 10분가량을 그러고 있던 이아영은 서류철을 내려놓고 중얼거렸다.

“진짜 어이없다. 와…….”

"그렇게 어이없어?"

"당연하죠."

그녀는 최주평을 보지도 않은 채 투덜거렸다. 워낙 작은 소리라 들리지는 않았지만, 아무래도 민혁에게 좋은 소리는 아닐 것 같았다.

"따지러 갈래?"

"제가 왜요?"

이아영은 별 이상한 소리를 다 듣는다는 표정으로 최주평을 보았다. 도대체 자신이 왜 그걸 따지러 가야 한단 말인가.

그녀의 표정에 멈칫한 최주평은 당황한 표정으로 고개를 숙였다. 자기가 생각해도 터무니없는 말을 하고 만 것이다.

'그렇다고 왜 그런 표정을 짓고 그러는 건데.'

최주평은 입을 닫고 서류에 집중했다. 왠지 이야기를 계속 했다간 또 한 번 실수를 할 것 같았다.

그가 시선을 피하고 일에 집중하자, 이아영은 그에게서 고개를 돌려 자신의 노트북을 바라보았다. 하지만 워낙 황당한 이야기들을 들어서인지 도저히 일에 집중이 안 됐다.

입술을 질끈 깨문 그녀는 눈을 감고 바르르 떨었다. 정말 생각하면 생각할수록 황당한 이야기였다.

더 황당한 건, 그 이야기에 자꾸 신경이 쓰인다는 사실이었다.

그 후로도 한참 동안이나 일에 집중을 못 한 그녀는 노트북을 덮으며 중얼거렸다.

"아, 짜증 나!"

* * *

제천에 내려온 민혁은 그곳에서 이틀을 머물렀다. 마침 제천에 내려온 다음 날이 제천 시민 구단의 홈경기가 열리는 날이기 때문이었다.

일부러 그 경기를 보러 남았던 민혁은 자기도 모르게 얼굴을 감싸 쥐었다. 몇 안 되는 관중을 의식해서 한숨은 쉬지 않고 있지만, 아무리 보아도 만족할 수 없는 경기력이었다. 비록 2 대 0이라는 스코어로 승리를 거두긴 했지만 말이다.

경기가 끝난 후.

민혁은 양주호를 끌고 멀리 떨어진 곳까지 이동해서 입을 열었다. 선수들이 들어서 좋을 이야기는 아닌 까닭이었다.

"코치들 일 안 해요?"

"해."

"근데 왜 다들……."

"내셔널 리그잖아. 재능 좀 있다 싶으면 여기 안 오지."

양주호는 현실적인 답변을 들려주었다.

하지만 내셔널 리그라고 해서 재능이 없는 선수들만 있

는 건 아니었다. K리그로 올라가 득점왕 경쟁을 하거나 베스트 11에 들어가는 내셔널 리그 출신의 선수들도 있음을 생각해 볼 때, 이들 중에도 재능을 폭발시키지 못했을 뿐인 사람이 있을 건 분명했다.

그렇더라도, 프리미어리그에 익숙해진 민혁의 눈에 찰 리 없었다.

"우리 유스는 안 키우죠?"

"내셔널 리그 팀이 유스는 무슨 유스야. 게다가 우리 K리그 올라갈 땐 다른 곳 갈 거잖아."

"갈 땐 가더라도 제대로 하죠."

"응?"

"서울이나 부산 근처에 유소년 아카데미 센터 하나 세워주세요. 축구장 세 개 들어가게요."

잠깐 민혁을 보던 양주호는 고개를 저으며 입을 열었다.

"야, 너 돈 많냐?"

"네."

"…네?"

"거기 쓸 돈은 충분히 있어요."

민혁은 당당히 말했다. 애플 주식을 팔고 얻은 차익의 일부는 GF Chemical에 투자해 묶였지만, 나머지 금액을 넣어두었던 철강회사의 주식이 폭등하면서 그때보다 더 많은 현금을 운용할 수 있게 된 민혁이었다.

거기에 700만 달러를 투자한 GF Chemical도 순조로운 진행을 이어가고 있었다. 물론 그 회사가 빛을 보려면 2010년대 중반이 되어야 했지만, 어쨌거나 성공은 반쯤 이뤄진 것이나 다름없었다.

"저 한국 오려면 최소한 7~8년은 있어야 되거든요? 그러니까 지금 초등학교 6학년 애들 키우면 딱 저 올 때 프로 데뷔하겠네요. 걔들 데리고 팀 재구성하면 될 것 같은데요?"

"야, 중학교부터면 몰라도 초등학교 애들까지 키우려면 돈 엄청 들어. 그냥 근처 중고등학교에 코치 보내서 위탁하는 식으로 하자."

"말씀드렸잖아요. 돈 충분히 있으니까 센터 지어서 운영하자고. 이왕 할 거면 제대로 해야죠."

양주호는 입을 벌렸다. 아무래도 단단히 결심을 한 것 같았다.

"아, 그러고 보니 작년부터 아스날이랑 베트남이 손잡고 아카데미 지었거든요? 우리도 그렇게 하죠?"

"베트남이?"

"네, JMG인가 하는 회사가 아스날이랑 손잡고 '아스날 JMG 아카데미'란 걸 만들었대요."

민혁은 아스날 사무부장 딕슨에게 들은 이야기를 꺼냈다.

베트남의 축구 기업 JMG가 아스날과 협약을 맺고 2만 명에 달하는 유소년을 테스트해 선수들을 뽑았고, 아스날 출신의 스티브 머로우를 데려와 기술 이사로 임명하며 선발한 유소년들의 육성을 맡겼다는 내용이었다.

'그래 봐야 한국에게 털리긴 했지만.'

민혁은 2015년 무렵의 일을 머릿속에 그렸다. 기술적인 능력은 뛰어나지만 피지컬이 안 돼서 한국에게 탈탈 털리던 베트남 청소년대표팀의 모습이었다.

하지만 대한민국 유망주들이라면 피지컬적인 문제도 없을 터.

충분한 기술 교육이 이루어진다면 유럽 못지않은 선수들이 대거 나올 수도 있다는 이야기였다.

"제가 한 30억 대고 아스날에 협조 요청하면 되겠네요."

"…너 진짜 돈 많구나."

"벌어둔 것도 있고 스폰도 좀 있고 그래요. 이번 시즌에 잘해서 새로 접근하는 곳도 있고요."

작년, 민혁의 시장가치를 발견한 스포츠 기업들은 민혁에게 스폰을 제의했다. 전성기의 호날두처럼 1조 원에 달하는 금액을 제의한 건 아니지만 나름 납득할 만한 금액이었다.

지지난 시즌까지만 해도 발전 가능성이 있는 선수 정도로 분류되던 민혁이었으나, 이번 시즌 아스날의 우승을 이끌면서 리그 톱클래스가 될 미드필더로 인정을 받은 덕분이었다.

"그래? 얼마나 주는데?"

"1년에 120만 파운드요."

"얼마?"

"우리 돈으로는 24억쯤 되겠네요."

양주호는 벌어지는 입을 다물지 못했다. 민혁이 대한민국 국가대표에 아스날의 주전이란 사실은 알고 있지만, 그래도 선수 개인에게 24억 원이나 되는 스폰이 붙을 거라곤 생각하지 못했기 때문이었다.

"야, 너 돈 그렇게 많으면 나 월급 좀 올려주라."

"리그 1위하면 보너스 드릴게요."

민혁은 웃으며 답하곤 말을 이었다.

"여기도 아스날에서 온 코치들 있으니까 코치들이 추가로 온다고 문제가 생길 건 없을 것 같고……."

"진짜 하려고?"

"네, 그러니까 감독님은 시간 나실 때 부지나 좀 알아봐 주세요."

피로감에 찌들어 있던 양주호는 갑자기 활력을 느꼈다. 리그 1위를 하면 준다는 보너스도 보너스였지만, 단순한 내셔널리그 감독에서 대한민국 최고의 유소년 아카데미 책임자가 될 수도 있다는 사실이 마음에 들었던 것이다.

"알았다. 내가 서울 근처로 알아보고 연락하마."

"8월 전에는 연락 주세요. 그때쯤 되면 프리시즌 한다고 정신없을 거니까."

"엄청 바빠지겠네."

양주호는 한숨을 내쉰 후 말을 이었다.

"근데, 아카데미 이름은 뭘로 할 거야?"

*　　　*　　　*

"FC Arsen?"

"네."

벵거는 당황스럽다는 표정으로 민혁을 보았다. 한국에서 돌아와 꺼낸 이야기가 너무도 뜻밖이었기 때문이다.

"…다 좋은데, 이름이 왜 FC Arsen이지?"

"감독님 유소년 육성 좋아하시잖아요."

"아니, 그러니까… 왜 내 이름이 들어가냐는 거다."

민혁은 잠깐 멈칫했다. 그냥 즉흥적으로 떠오른 이름이라고 할 수는 없어서였다.

"뭐, 제가 여기까지 온 것도 다 감독님 덕분이니까요. 한국에서 길러낼 선수들 롤 모델이 저니까 아카데미에 감독님 이름 붙이는 것도 이상하진 않잖아요."

재빨리 이유를 찾아 말한 민혁은 벵거의 눈치를 살폈다. 다행히 기분이 나빠진 않아 보였다.

잠깐 고민하던 벵거는 고개를 끄덕이며 입을 열었다.

"그래, 베트남의 JMG에게 해주는 정도만 도와주면 된다는 건가?"

"네."

"그건 곤란하지."

"네?"

"우리 팀 에이스가 운영하는 곳인데, 그렇게 형식적으로만 지원할 수는 없다는 소리다."

벵거는 놀란 민혁을 보고는 웃으며 말했다.

"왜? 네가 에이스가 아니라고 생각하나?"

"어… 세스크랑 아데바요르는요?"

"널 포함해 셋 다 뛰어난 재원이지. 하지만 난 널 최고라고 생각한다."

득점력은 아데바요르가 셋 중 가장 좋았고, 패스 능력은 파브레가스가 민혁보다 좋았다. 하지만 민혁은 그들보다 수준 높은 드리블과 탈압박 능력을 가지고 있었고, 큰 경기에서 결과를 뒤집는 능력도 있었다. 벵거가 추구하는 전술에서 가장 핵심적인 능력을 가진 건 민혁이란 이야기였다.

"그 부분은 구단 측과 논의해 보마. 하지만 재원은 크게 기대하지 않는 게…….”

“돈은 제가 다 지불할게요.”

“네가?”

벵거는 눈을 동그랗게 떴다. 이제 겨우 주급 6만 파운드를 받는 민혁에게 그만한 돈이 있다고는 믿을 수 없었다.

물론 여기저기서 스폰 제의가 오고 있다는 건 알고 있지만, 민혁이 말한 규모의 아카데미를 운영하려면 그만한 금액을 다 쏟아부어야만 가능했기 때문이었다.

“여기저기 투자를 한 게 좀 늘었거든요. 오히려 로열티를 주면 로열티를 줬지, 아스날에 재정 부담을 지울 이유는 없어요.”

“로열티?”

“베트남에선 지급하잖아요.”

벵거는 웃었다. 물론 베트남의 JMG에선 아스날에 로열티를 지불했지만, 민혁이 운영하는 아카데미에까지 로열티를 요구할 생각은 없었다.

“됐다. 너만 한 선수가 나와서 아스날에 입단하면 그것만으로도 충분히 이득이니까.”

민혁은 어색하게 웃으며 귀밑을 긁었다. 아무리 그래도 그건 좀 무리가 아니겠느냐는 표현이었다.

그걸 읽은 벵거는 어깨를 으쓱한 후 말을 이었다.

"이 부분은 이사회에서 논의해 보고 딕슨을 통해 연락을 주마."

"네."

민혁은 업무에 집중한 벵거를 뒤로하고 사무실을 나왔다.

밖으로 나온 그는 아스날 유소년 훈련장을 찾아갔다. 혹시 이 중에서 한국에 가려고 하는 사람이 있을지도 몰랐다.

물론 주급은 훨씬 더 많이 줘야겠지만, 그래도 이왕이면 아스날에서 일하던 사람을 원하게 되는 건 이상하지 않았다.

"윤? 여긴 무슨 일이야?"

"혹시 아시아에 관심 있어요?"

"아시아?"

필 버트는 고개를 갸웃하며 입을 열었다.

"글쎄. 스시는 비려서 별로더라. 근데 왜?"

"…아무것도 아니에요."

민혁은 그를 한국으로 데려가는 걸 포기했다. 하기야 필 버트 같은 코치를 아스날에서 내줄 리도 없지만 말이다.

"무슨 일인데 그래?"

"그게요……."

민혁은 그에게 상황을 설명했다. 한국에 유스 아카데미를 세우게 됐는데, 그곳에서 일할 코치들을 찾는다는 이야기였다.

필 버트는 의외로 놀라지 않았다. 아마도 민혁이 한국의 기업에게 스폰을 받아서 아카데미를 세우려는 모양이라고 생각하고 있는 것 같았다.

“웨스트햄 코치들은 어때?”

“웨스트햄 코치들요?”

“거기 구단주 바뀌면서 코치들 몇 명 잘렸잖아. 지금 새 팀 구하느라 정신없는 사람들 많아.”

민혁이 처음 잉글랜드에 올 때만 해도, 영국에서 가장 기술적인 클럽은 아스날이 아닌 웨스트햄이었다. 거기에 퍼디난드 형제와 프랭크 램파드, 조 콜과 마이클 캐릭 등의 유명한 선수들을 길러낸 클럽이라는 점도 생각해 볼 때, 그곳에서 일하던 코치들을 영입하는 건 꽤나 좋은 선택지 같았다.

“잠깐, 거기 구단주 바뀌었어요?”

“응, MSL에서 인수하려던 거 엎어지면서 붕 떴다가 아이슬란드 은행에 팔리게 됐잖아. 소식 못 들었어?”

“저 한국에 있는 동안 진행된 건가 보네요.”

본래 웨스트햄을 인수하려던 건 남미의 사모펀드인 MSL이었다. 그들은 그 일환으로 하비에르 마스체라노와 카를로스 테베즈를 웨스트햄으로 이적시키기도 했고, 웨스트햄의 주식을 야금야금 긁어모아 기존의 구단주를 밀어내려는 움직임을 보인 적도 있었다.

하지만 그 계획의 핵심이었던 마스체라노와 테베즈가 웨스트햄에서 실패하면서, 결국 웨스트햄은 아이슬란드에 기반을 둔 랜즈방키 그룹의 일부가 되었다.

그리고 그 과정에서 떨어져 나온 코치들이 있었는데, 필 버트가 말하는 웨스트햄 코치가 바로 그들이었다.

"대신 해외로 가는 거니까 주급은 많이 줘야 할 거야. 유럽이면 몰라도 아시아니까."

"주급이야 감안하고 있죠. 적어도 세후로 2,500파운드 정도는 생각하고 있어요. 책임자는 4,000파운드까지도 보고 있고요."

"세후로 주급 4,000파운드?"

"네."

필 버트는 입을 벌렸다. 세금을 제외하고도 4,000파운드라면 챔피언십 구단의 감독들이 받는 것과 비슷한 금액이었다.

잠깐 그러고 있던 그는 민혁을 바라보며 입을 열었다.

"나 김치가 좋아질 것 같아."

# 4

# 2008-09 시즌

2008년 8월 16일.

아스날은 새 시즌의 첫 경기를 승리로 장식했다. 마르세유에서 이적해 온 사미르 나스리의 뜬금포 덕분이었다.

기세가 오른 아스날은 상대인 풀럼을 상대로 두 골을 추가했다. 두 번째 골은 민혁이었고, 세 번째 골은 아데바요르의 헤딩을 통한 득점이었다.

그 두 골을 생각하면 나스리 덕분에 이겼다고는 할 수 없지만, 그래도 새로 이적해 온 선수가 첫 경기에서 득점포를 터뜨렸다는 건 충분히 환영할 일이었다.

"잘했다. 좋은 결과야."

벵거는 박수까지 치며 기쁨을 드러냈다. 나스리에게 큰 기대를 갖게 된 것 같았다.

민혁은 웃고 있는 나스리를 힐끗 보았다. 그래도 지난 시즌 리그 앙에서 올해의 영 플레이어 상을 수상한 선수니 프리미어리그에서 뛸 만한 능력은 있겠지만, 경쟁자가 자신과 파브레가스인 이상 오랫동안 벤치를 달궈야 할 게 분명해 보였다.

하기야 민혁이 없던 회귀 전에도 파브레가스와의 경쟁에서 밀려 윙으로 쫓겨난 나스리였던 데다, 민혁이 있는 지금은 그 윙 자리도 장담할 수 없었다.

민혁은 윙과 중앙미드필더 모두를 소화할 수 있었고, 그 양쪽 포지션 모두에서 나스리보다 훨씬 좋은 모습을 보였기 때문이었다.

벵거도 그 부분을 느끼고 있었다. 하지만 리그 데뷔전에서 데뷔골을 넣은 선수에게 '넌 앞으로 벤치에서 시작할 거다. 하지만 열심히 해주길 바란다.'라고는 할 수 없었다.

때문에, 그는 앞으로의 가능성에 기대를 걸기로 하곤 말을 이었다.

"다음 경기에서도 좋은 모습을 보여주길 기대하마."

"예!"

나스리는 만면에 웃음을 문 채 벵거를 보았다. 데뷔전에서 골을 넣었으니 앞으로 자신이 중용될 거라는 기대를 하는 것 같았다.

벵거는 그 눈빛에 부담을 느꼈는지, 곧바로 고개를 돌려 다른 선수들을 바라보며 입을 열었다.

"좋아, 그럼 해산해도 좋다."

소집되었던 선수들은 제각기 일어나 경기장을 떠났다. 클리시와 디아비, 갈라스 등을 포함한 프랑스 선수들은 새 이적생을 데리고 어딘가로 사라졌다. 아스날 프랑스 향우회 같은 거라도 결성하고 있는 것 같았다.

그들이 간 곳을 보던 민혁은 아직 남아 있는 플라미니를 보곤 입을 열었다.

"넌 왜 안 갔어?"

"파스칼한테 메일 줘야 돼서."

작년, 민혁의 투자를 받은 그는 AC 밀란으로 가지 않고 아스날에 남았다. 돈 문제가 해결된 것도 컸지만 벵거에게 풀백으로 쓰지 않겠다는 약속도 받았기에 내린 결정이었다.

"나스리 어떻게 봐?"

"나스리?"

플라미니는 잠깐 생각에 잠겨 있다 입을 열었다.

"운이 없지. 경쟁자가 너랑 세스크잖아."

"그렇지?"

"홀렙 대신으로 쓰기엔 드리블이 많이 떨어지니까 그것도 애매하고… 오늘이야 세스크가 부상이라 못 나왔다지만 금방 돌아올 거니까 계속 벤치에 있겠지."

"홀렙 자리는 한동안 내가 채울 것 같은데."

"…뭐, 홀렙만 한 드리블러는 너밖에 없잖아."

플라미니는 그렇게 말하곤 자리에서 일어났다. 답장에 시간을 너무 끌면 동업자가 불편해한다는 이유였다.

그를 보낸 민혁도 일어나 밖으로 향했다.

다른 선수들과 코치진은 이미 오래전에 떠난 후였다. 아스날 홈에서 열린 경기라 차를 타고 이동해야 할 이유가 없기 때문이었다.

"저기요!"

천천히 구장을 빠져나가던 민혁은 고개를 돌렸다. 그러자 한국인으로 보이는 예닐곱 명의 일행이 쭈뼛대며 다가와 민혁에게 사진을 요청했다.

민혁은 굳이 거절하지 않고 사진을 찍어주었다. 그래도 먼 곳에서 만난 동향 사람인데 이 정도 친절은 베풀어야 하지 않겠나.

"멀리까지 오셨네요?"

"저희가 축구를 많이 좋아해서요."

"지난 시즌 진짜 아까웠어요. 첼시만 아니었으면 무패 우승이었죠?"

반팔 체크 남방을 입은 남자의 말은 민혁의 입가에 쓴웃음을 물렸다. 지금 생각해도 정말 아쉬운 순간이었다.

"드록바가 우리 팀만 만나면 날아다니니 별수 있나요."

"드록신 좀 쩔긴 하죠. 아, 그래도 윤민혁 선수가 더 잘하……."

"에이, 아직은 아니죠."

민혁은 손사래 쳤다.

지난 시즌에 좀 부진하긴 했지만 2006—07 시즌 프리미어리그에서 득점왕을 차지한 드록바와 비교하는 건 좀 이르다 싶은 느낌이었다.

적어도 한두 시즌은 더 지나야 드록바와 비교할 수 있지 않을까.

그렇게 민혁이 겸양을 떨 때, 몸에 딱 달라붙는 옷을 입은 몸 좋은 남자가 고개를 갸웃하며 입을 열었다.

"근데 윤민혁 선수… 생각보다 몸은 별로네요."

"네?"

"아, 아닙니다. 잠깐 말이……."

그는 당황하며 시선을 피했다. 무심결에 속내가 나와 버린 모양이었다.

살짝 찝찝한 느낌이 든 민혁은 애써 웃으며 입을 열었다.

"무슨 의미인지 좀 듣고 싶은데요. 아, 화난 거 아닙니다. 혹시 도움이 될지도 몰라서 들으려고 하는 거예요."

"그……."

"정말 화 안 났다니까요."

민혁은 두 손을 살짝 들어 괜찮다는 제스처를 보여주었다. 사실은 괜찮지 않지만 팬을 상대로 화를 낼 수는 없었다.

속내를 알 리 없는 남자는 안심하며 말을 이었다.

"그게… TV에서 볼 땐 다리도 길고 기술도 좋고 그래서 굉장히 몸이 좋을 줄 알았는데 상체가 약간……."

"약간?"

"하체에 비해서 약간 모자란 느낌이거든요. 물론 제가 축구를 한 건 아니라서……."

그가 자신 없는 모습을 보이자, 반팔 체크 남방을 입은 남자가 그를 툭 치고는 민혁에게 말했다.

"얘가 트레이너거든요. 직업병이니까 너무 신경 쓰지 마세요."

"트레이너요?"

"네, 아산에 있는 대형 병원에서 재활의학 하다가, 작년부터 국가대표 농구선수들 트레이너 하고 있거든요."

민혁은 새삼스러운 표정으로 그를 보았다. 그 말을 듣자 남자의 말에 신뢰도가 올라가는 느낌이었다.

자신감을 얻은 그는 침을 꿀꺽 삼키곤 입을 열었다.

"이건 쓸데없는 오지랖일지도 모르는데, 상체 단련을 조금 만 더 하시면 좋은 결과가 있을 겁니다."

"음……. 고민해 보죠. 감사합니다."

민혁은 그들과 악수를 한 후 걷다 핸드폰을 꺼냈다. 혹시 까먹을지도 몰라 적어둘 생각이었다.

다음 날, 민혁은 아스날의 피지컬 코치와 의료진을 찾아가 의견을 물었다.

"새 프로그램?"

"네."

"윤… 어디서 무슨 말을 들었는지는 모르겠는데, 넌 지금 상태가 최고야."

그들은 부정적인 반응을 보였다. 지금 민혁의 상태는 축구를 하기에 최적이었고, 여기서 변형을 주었다가는 드리블에 악영향이 갈 거라는 주장을 했다. 민혁의 가장 큰 무기가 드리블임을 생각해 보면, 여기서 무리하게 벌크 업을 하는 건 좋지 않다는 이야기였다.

하지만 괜히 신경이 쓰여, 민혁은 모아시르를 미국으로 보냈다. 유럽보다 최소한 두 단계 이상 발전해 있는 미국 스포츠과학을 믿어볼 생각이었다.

비록 축구 발전은 더딘 미국이지만, 스포츠와 의료 시장에 워낙 돈이 많이 도는 곳이니만큼 확실한 답을 줄 수 있을 것 같았기 때문이었다.

모아시르가 연락을 해온 건 나흘이 훌쩍 지나서였다.

—검사지 들고 가서 이야기를 해봤는데, 개선할 점이 두 군데 있대.

"두 군데요?"

—응.

그는 미국 콜로라도 스프링스에 있는 미국 스포츠과학 센터에서 들은 내용을 들려주었다.

—코어 근육이랑 상체 밸런스. 4~5% 정도 좋아질 가능성이 있대.

"코어 근육요? 거긴 저도 나름 열심히 단련했는데……."

—무작정 훈련만 한다고 좋아지는 게 아닌 건 알고 있잖아.

"당연히 코치들 도움 받아서 했죠."

민혁은 황당하다는 기색을 담아 말했다. 그래도 명색이 선수인데 무작정 훈련을 했을 리 있는가.

—근데 여기 의사들은 훈련을 좀 더 해야 되겠다던데? 그냥 돈 뜯어내려고 하는 이야기일지도 모르긴 한데, 프로그램 받아서 훈련하면 그만큼 더 좋아질 거래.

"프로그램요?"

—응, 그냥 프로그램만 받아서 훈련할 거면 200만 달러를

내라더라.

"200만 달러요?"

—응, 6개월짜리 프로그램 짜주는 데 200만 달러래. 6개월 지나면 새 프로그램 받아야 되니까 돈 가지고 다시 오라더라고.

민혁은 혀를 내둘렀다.

트레이너가 붙는 것도 아니고, 프로그램만 짜주는 데 200만 달러를 요구하다니.

"이게 미국 스케일이구나……."

—아마 처음이니까 높게 부르는 거겠지. 협상만 잘하면 20만 달러 정도면 될걸?

모아시르는 미국에서 만난 선수들이 들려준 이야기를 민혁에게 전했다. 미국은 의료 시장도 자유주의를 따르는 나라라, 병원비도 협상하기에 따라서 몇 배의 차이가 난다는 내용이었다.

굳이 모아시르의 부연이 아니더라도, 그 부분은 이미 전 세계적으로 유명한 이야기였다. 작년에 개봉한 마이클 무어의 식코(SiCKO) 덕분이었다.

잠깐 그 영화를 떠올리던 민혁은 고개를 저은 후 통화를 이어갔다.

"협상은 맡길게요. 아, 협상 방식은 좀 바꿔주세요."

—응?

"프로그램에 트레이너까지 고용하는 걸로요. 영양사랑 분야별로 세 명 고용할 테니까, 전담 트레이너 계약할 만한 사람도 좀 찾아줘요."

—야, 그럼 돈 엄청 깨져. 진짜로 200만 달러 들 수도 있다고.

"제 실력이 좋아질 수 있으면 그만한 돈은 문제도 아니죠."

모아시르는 말이 없었다. 민혁의 주장을 납득한 것 같았다.

하지만 다른 문제가 남아 있었다.

—근데 아스날 코치랑 의료진이 좋아하지 않을 텐데. 자기들이 잉글랜드 제일이라고 자부하잖아.

"솔직히 그건 아니죠……."

민혁은 쓴웃음을 물었다. 쓰는 장비는 잉글랜드에서 가장 좋은 게 아스날의 의료진이었지만, 로시츠키와 디아비를 치료하지 못한 아스날 의료진은 그런 말을 해서는 안 됐다.

물론 디아비를 치료하지 못한 걸로 매도당하는 건 억울할 수도 있었다. 하지만 디아비가 잠깐 회복되었던 시기가 있었고, 그 회복이 디아비가 고용한 개인 트레이너의 조치에 의해 이루어졌다는 점, 그리고 아스날 의료진의 요구로 그 트레이너를 해고한 이후 디아비가 다시 유리 몸이 되었다는 점을 생각해 보면, 역시 아스날 의료진으로서는 그런 말을 할 자격이 없었다.

조금 더 생각하던 민혁은 결정을 내렸다.

아무래도 아스날의 의료진보다는 미국의 트레이너들이 믿을 만했다. 무엇보다 크리스티아누 호날두의 개인 트레이너들이 미국에서 스포츠과학을 전공하고 온 사람들이었음을 생각해 볼 때, 그들의 도움을 받는 게 이득이 되면 되었지 손해가 되지는 않을 것 같았다.

거기까지 계산한 민혁은 다시 말을 이었다.

"아, 맞다. 계약할 때 다른 사람도 잠깐씩 봐줘야 할 수도 있다고 하세요. 추가 수당은 지불한다고 하고요."

―월셔랑 케인도 봐달라고 하려고?

"개들도 있고, 로시츠키랑 디아비도 확인 좀 해보려고요."

―알았어. 그럼 그 조항 넣어서 계약하면 되겠네.

"네, 그렇게 해주세요."

모아시르는 자기에게 다 맡기라고 말하곤 전화를 끊었다.

그로부터 닷새 후.

미국에서 구성된 민혁의 전담 팀이 런던에 상륙했다.

* * *

벵거는 기록지를 바라보았다. 최근 아스날 선수들의 훈련 결과와 경기 스탯을 적어놓은 것들이었다.

"요즘 윤의 기록이 많이 좋아졌군. 컨디션이 올랐나?"

"그런 것 같습니다. 볼 터치는 미세하게 떨어진 것 같은데 다른 게 전부 좋아졌으니까요."

"볼 터치가?"

"표정을 보면 뭔가 약간 맞지 않는 것 같습니다. 하지만 미세한 차이니 금방 회복될 거라고 봅니다."

"확실히 체크하게. 어쩌면 안 좋은 징조일 수도 있어."

새로 온 피지컬 트레이너는 짧게 답하곤 사무실을 떠났다.

벵거는 미묘한 표정으로 다시 기록지를 보았다. 한계에 도달했다 생각했던 스피드도 조금은 빨라졌다는 내용이 적혀 있었다.

특히, 100m 12초의 벽을 깨지 못했던 민혁이 11.96이란 수치를 기록했다는 건 굉장히 놀랄 만한 이야기였다. 타고난 신체 조건을 가지지 못한 이상 12초의 벽은 절대 뚫을 수 없다는 게 일반론이기 때문이었다.

'점프력도 올랐군.'

공중볼 경합을 꺼리는 민혁에겐 별로 의미가 없는 수치긴 했지만, 민혁의 점프력도 꽤나 올랐다. 노 스텝(No Step) 서전트는 38㎝에서 42㎝로, 러닝 점프는 66㎝에서 71㎝로 늘어난 것이다.

이 정도라면 1군 무대에서도 꽤나 경쟁력 있는 수치였다.

민혁의 키가 182㎝, 축구화를 신은 상태에서는 184㎝인 점을 생각하면 헤딩골의 빈도가 높아질 가능성도 충분하다는 이야기였다.

잠깐 고민에 빠져 있던 벵거는 그동안의 훈련 일지를 확인해 보았다. 혹시 새 피지컬 코치가 들어오면서 팀의 훈련에 바뀐 점이 있는지 알아볼 생각이었다.

그러나 그런 부분은 찾을 수 없었다. 벵거로서는 의아할 수밖에 없는 현상이었다.

"성장기인가?"

그는 민혁의 나이를 손으로 꼽아보곤 고개를 끄덕였다.

민혁이 1984년 9월생이니, 지금이 바로 축구선수로서의 신체가 완성될 무렵이었다.

앞으로의 2년이 굉장히 중요하겠다고 생각한 벵거는 훈련 프로그램이 적힌 서류 밑에 한 줄을 보탰다. 민혁의 신체 능력 변화를 꾸준히 체크하라는 내용이었다.

그로부터 한 달 후.

민혁의 100m 기록이 조금 더 단축되었다.

*　　　*　　　*

2008년 11월 22일 오후 3시, 프리미어리그 제14라운드.

민혁은 서브 멤버로 등록되어 맨체스터 시티 원정에 나섰다. 3일 후 열리는 디나모 키예프와의 챔피언스리그에서 선발로 나가려면 체력을 최대한 보존해야 했기 때문이었다.

민혁과 파브레가스가 선발에서 빠진 아스날은 맨체스터 시티에게 농락당했다. 무실점으로 틀어막나 싶었던 전반 막판에 스티븐 아일랜드에게 선제골을 내주면서 후반전에도 급격히 흔들린 탓이었다.

그 흐름의 중심엔 호빙요가 있었다.

지난 시즌까지만 해도 레알 마드리드의 차기 에이스로 간주되었던 호빙요는 레알을 떠나 맨시티로 이적했다. 레알의 보드진이 호날두 영입을 위해 자신을 끼워 팔려 한 데에 분노했기 때문이었는데, 본래 첼시로의 이적이 유력했으나 레알의 반대로 인해 챔스 진출이 불가능한 맨시티로 옮겨 간 것이다.

"잘하네."

"지금 감탄할 때야?"

파브레가스는 황당하다는 시선으로 민혁을 보았다. 그러자 민혁은 어깨를 으쓱하곤 벵거를 가리켰다. 내보내 주지 않는데 여기서 뭘 어쩌겠느냐는 의미의 제스처였다.

그리고 후반 14분과 22분.

호빙요는 맨체스터 시티의 두 번째 골과 세 번째 골을 연달아 넣었다. 어째 알무니아가 골문을 지킬 때보다 더 뻥뻥 뚫리는 느낌이었다.

민혁은 당황하며 디에고 로페스를 바라보았다. 분명 알무니아보다 높은 클래스인데 이번 경기에선 도대체 왜 이러는지 모를 지경이었다.

물론 그 두 골 모두가 수비진이 뚫리면서 허용한 골이긴 해도, 디에고 로페스 정도의 클래스라면 막는 게 정상 아닌가.

"윤."

"…네? 아, 네."

"준비해라."

민혁은 조끼를 벗고 그라운드로 나섰다.

그로부터 5분 후.

벵거는 플라미니를 빼고 민혁을 투입시켰다. 3 대 0으로 이기고 있는 상황이니만큼 수비적인 선수를 빼고 공격적인 선수를 넣는 건 이상하지 않은 판단이었다.

플라미니는 밖으로 나오며 중얼거렸다.

"쟤 드리블은 너보다 낫더라."

"괜찮아. 골은 내가 더 잘 넣으니까."

민혁은 웃으며 말했다. 하지만 호빙요의 드리블에 대해선 충분히 인정하고 있었다.

브라질에선 뛰어난 드리블러가 자주 나왔다. 축구에 개인

기와 드리블의 결합을 처음 도입한 아르투르 프리덴라이히가 브라질인임을 생각해 보면 딱히 이상할 것도 없었다.

그리고 이 시기.

호나우딩요가 저물고 네이마르가 등장하기 전인 이 시대에서는, 바로 저 호빙요가 브라질을 대표하는 드리블러였다.

"천천히, 천천히 한 골 먼저 넣고 시작하자!"

민혁은 그라운드에 있던 동료들을 향해 그렇게 말하곤 플라미니가 비운 중앙으로 향했다.

압박을 느끼던 아스날 선수들은 민혁이 들어왔음에 긴장을 조금 푸는 기색이었다. 파브레가스와 함께 아스날의 에이스로 꼽히는 민혁이 투입된 만큼, 어쩌면 무승부까지는 거둘 수 있을지도 모른다는 생각이 들었던 것이다.

—아스날, 후반 28분에 윤민혁 선수를 투입합니다. 꽤나 늦은 투입이네요.

—에… 추가시간을 고려하면 약 20분 정도 뛸 수 있을 것 같습니다. 경기를 뒤집기엔 짧은 시간이죠. 아마 3일 후 있을 챔피언스리그를 위해서 경기 감각을 깨우라는 의미로 내보낸 게 아닐까 생각됩니다.

중계진은 민혁의 투입에도 아스날의 가능성을 높게 보지 않았다. 맨체스터 시티는 리그 최강팀 중 하나로 꼽히는 아스날을 상대로 대승을 거두고 있음에 분위기가 한껏 올라 있었고, 그 중심에 있는 호빙요는 리그 최고의 폼을 보이고 있었다.

지난 시즌, 레알 마드리드가 호날두의 이적에 자신을 끼우려 했다는 게 실수라고 시위를 하고 있는 것 같은 모습이었다.

—윤민혁 선수도 아스날에서 손꼽히는 드리블러인데, 호빙요 선수와 비교하면 어떨까요?

—드리블은 호빙요 선수가 좀 더 낫겠죠. 게다가 이번 시즌 폼도 좋고요. 아마 호날두 선수보다 좋을 겁니다.

—호날두가 지금 몇 골이죠?

—네, 리그 14라운드 현재 7골을 기록하고 있습니다. 경기당 0.5골이니 엄청난 기록이긴 합니다만, 그래도 미쳐 날뛰던 지난 시즌 후반의 호날두와 비교하면 손색이 좀 있죠. 물론 지난 시즌에도 리그 14라운드까지는 6골밖에 못 넣었던 호날두긴 하지만 막판 14경기에서는 12골을 넣었거든요.

—호빙요는 이번 시즌에 9골을 넣었군요. 호날두보다 두 골이나 많네요.

—레알 마드리드의 칼데론 회장은 호빙요를 보낸 걸 후회하고 있을 겁니다. 호날두도 얻지 못한 데다가, 지금 호빙요는 호날두보다 못할 게 하나도 없음을 증명하고 있으니까요.

중계진의 말대로, 호빙요는 자신이 호날두 이상이라고 시위

하는 듯한 플레이로 아스날을 위협했다.

베르마엘렌과 주루가 버티는 센터백은 어딘지 모르게 불안해 보였다. 그나마 둘 모두 스피드가 있는 선수들이라 어찌어찌 커버는 하고 있지만, 호빙요가 개인기를 선보일 때마다 위협적인 돌파를 허용하고 있었다. 벤치에서 쉬고 있는 갈라스와 투레가 정말 그리운 모습이었다.

그러던 중, 호빙요의 패스가 키어런 깁스의 발에 걸렸다. 운 좋게 얻어 걸린 터치였지만 역습을 하기에 최적화된 상황을 만드는 수비기도 했다.

깁스는 앞으로 패스를 보냈다.

2.5선까지 내려와 있던 민혁은 패스를 받자마자 측면으로 공을 보낸 후, 상대편 골문을 바라보고 속도를 올렸다.

—윤민혁 선수 달립니다! 빨라요!

—나스리, 사미르 나스리 스루패스! 윤민혁 선수 공을 향해 속도를 높입니다!

—조 하트 골키퍼 앞으로 달려 나옵니다! 골키퍼도 빠릅니다!

민혁은 아슬아슬하게 공을 잡아 공중에 띄웠다. 과거 드라간 스토이코비치에게 배웠던 리프팅 드리블을 응용한 볼 터치였다.

조 하트는 팔을 휘두르며 허공으로 손을 뻗었지만, 공은 무정하게도 그의 손끝을 스치고 골문으로 향했다.

그사이 그를 지나친 민혁은 바닥에 떨어진 공을 잡아 가볍게 밀었다.

—윤민혁 선수 다시 공 잡아 슛! 골입니다!

골을 넣은 민혁은 주먹을 불끈 쥐고 환호성을 터뜨렸다. 골을 넣은 것도 기뻤지만 그 과정도 굉장히 마음에 들었다. 개인 트레이닝을 하기 전의 자신이라면 조 하트에게 공을 빼앗겼을 테지만, 트레이닝의 결과 속도가 많이 오른 덕분에 공을 먼저 터치할 수 있었기 때문이었다.

"윤이 저렇게 빨랐나?"

벵거는 놀랐다. 그동안 기록지를 계속 받아 보고는 있던 벵거였지만, 11초 74라는 수치를 보는 것과 전력 질주를 직접 보는 건 아무래도 느낌이 달랐다.

옆에 있던 팻 라이스는 코치들에게 들은 말을 들려주었다.

"60m를 넘어가면 속도가 처지는 현상은 별로 나아지지 않았다고 합니다. 대신 스타트가 굉장히 좋아져서, 초반 30m만 따지면 전성기 앙리와 비교해도 크게 떨어지지 않을 거라더군요."

"앙리와?"

"네. 윤이 100m에서 11초 74가 나오는 건 후반에 속도가 급격히 떨어져서니까요."

벵거는 또 한 번 놀라고 말았다. 갑자기 속도가 늘어나는 선수들이 없는 건 아니지만, 스피드 스타와는 거리가 멀 것 같던 민혁이 앙리와 비슷한 속도를 갖게 되었다는 걸 믿을 수 없었다.

팻 라이스는 또 한 번 충격을 더했다.

"30m로 한정하면, 이제 팀 내에선 월콧을 제외하곤 윤보다 빠른 선수가 없을 겁니다."

"믿을 수 없군."

벵거는 입을 살짝 벌린 채 고개를 돌렸다. 공을 가지고 중앙선으로 돌아가는 민혁을 향해서였다.

"도대체 어떻게 된 거지?"

그가 혼란에 빠져 있을 때, 민혁은 폼을 교정해 준 트레이너에게 속으로 감사하고 있었다.

미국에서 온 트레이너는 민혁의 상체 근육과 팔을 움직이는 스윙 각도를 교정해 주었다. 그는 팔의 스윙은 유럽의 코치들이 생각하는 것보다 훨씬 더 중요한 부분이며, 그것을 교정하는 것만으로도 초반 30m까지의 기록을 0.3초 가까이 줄일 수도 있다고 주장했다.

민혁은 운동을 해온 사람이니만큼 그 절반인 0.1~0.15초 정도의 교정에 그친다는 말도 뒤를 이었지만, 훈련의 결과는 0.24초 단축이란 결과로 나왔다. 상체 근육의 단련도 효과를 보았기 때문이었다.

비록 질주 구간인 60m 부근부터 속도가 떨어지는 문제는 고쳐주지 못했으나, 축구선수인 민혁으로서는 초반 30m까지의 속도가 올라간 것만으로도 충분했기에 큰 신경을 쓰지 않았다.

"윤, 엄청 빠른데?"

"월콧보다 빠른 거 아냐?"

민혁은 호들갑을 떨며 다가온 동료들을 향해 웃으며 말했다.

"그건 아니지. 월콧이 얼마나 빠른데."

"어떻게 그렇게 빨라진 거야?"

"주법 교정. 경기 끝나고 가르쳐 줄게."

웃으며 말한 민혁은 이를 악물고 달려드는 호빙요에게 달라붙어 공을 빼냈다. 그가 어떤 방식의 드리블을 즐기는지 잘 아는 덕분이었다.

"Holy Shit(맙소사)!"

호빙요를 따라 침투하던 엘라누가 입을 벌렸다. 호빙요가 저렇게 쉽게 공을 뺏기는 걸 보게 될 줄은 꿈에도 몰랐기 때문이었다.

기세가 오른 아스날은 경기를 원점으로 돌렸고, 아스날은 승점을 챙길 수 있었다.

*　　*　　*

12월 초. 잉글랜드를 비롯한 전 세계 축구 팬의 시선이 TV를 향하고 있었다. 발롱도르 수상자를 발표하는 날이기 때문이었다.

아스날의 선수들도 각자의 집이나 펍(Pub)에 모여 TV를 보았다. 어차피 호날두나 메시, 혹은 토레스 중 한 명이 수상자로 결정된 마당이라 긴장감은 덜했으나, 명단에 오른 아스날 선수들의 순위에 대한 호기심도 적지 않았다.

얼마 후, '크리스티아누 호날두!'라는 목소리가 TV에서 흘러나왔다.

"결국 호날두가 타네요."

민혁은 TV를 보며 중얼거렸다. 자신이 회귀하기 전과 똑같은 결과였다.

호날두는 총 446점의 득표로 2008 발롱도르 수상자가 되었다. 2위인 메시의 281점과 3위인 토레스의 179점을 더한 것과 비슷한 점수였다. 그야말로 세계 축구계를 점령했다 말해도 될 정도의 위업이었다.

로시츠키는 민혁을 보며 입을 열었다.

"너도 발롱도르 순위권엔 올라갔잖아. 꽤 높던데?"

민혁의 순위는 공동 17위였다. 같은 팀에선 아데바요르가 민혁보다 높았고, 파브레가스와는 동일한 순위였다.

하지만 UEFA 올해의 팀이나 FIFA 베스트 11엔 민혁이 없었다. 미드필더로 분류된 파브레가스는 UEFA 올해의 팀에 이름을 올렸지만, 어째서인지 스트라이커로 분류된 민혁은 리오넬 메시와 페르난도 토레스에게 밀렸기 때문이었다.

"프리미어리그에만 저보다 잘하는 사람이 6명이나 있는데 좋아하면 안 되죠."

그 여섯 명은 발롱도르를 수상한 호날두와 3위에 랭크된 페르난도 토레스, 그리고 첼시의 프랭크 램파드와 리버풀의 스티븐 제라드, 맨체스터 유나이티드의 웨인 루니와 아스날의 아데바요르였다. 그 누구 하나 월드 클래스가 아니라고 할 수 없는 선수들이었다.

로시츠키는 헛웃음을 흘리며 말했다.

"그거 진짜 건방진 소린 거 알지?"

"그래도 좀 억울하죠. 세스크는 작년에 7위까지 올라갔었는데."

"세스크가 들으면 울겠다."

하지만 민혁은 계속해서 투덜댔다.

민혁으로서는 좀 억울할 만했다. 작년엔 아시안컵을 다녀오느라 제 실력이 완전히 나오지는 않았던 그였고, 그로 인해 아스날을 향한 언론의 스포트라이트는 모두 파브레가스가 차지했었기 때문이었다.

그래서 컨디션이 올라온 이번을 기대했건만, 안타깝게도 파브레가스와 표가 갈리는 바람에 17위라는 성적을 거둔 것이다.

"억울하면 이번 시즌에 잘해."

"안 그래도 그럴 거예요."

민혁은 공을 툭툭 차며 입술을 깨물었다. 어차피 호날두가 발롱도르를 탈 거라고는 생각했지만, 그래도 그와 자신 사이에 16명이나 있다는 건 마음에 들지 않았다.

하지만, 그 후 이어진 아스날의 행보는 순탄치 않았다.

발롱도르 발표가 끝나고 며칠이 지날 무렵, 아스날에 큰 파문이 일었다. 팀의 주장이던 갈라스가 선수들 사이에서 일어난 불화를 언론에 흘림으로써 팀 내 분위기를 해쳤기 때문이었다.

결국 갈라스는 주장직을 박탈당했다. 1월 이적 시장에서 아스날을 떠나게 될 거라는 이야기도 심심찮게 들려왔고, 갈라스 본인도 그런 말들을 부정하지 않았다. 설령 1월에 떠나지 않더라도 재계약을 할 뜻은 없는 모양이었다.

벵거는 비어버린 주장으로 파브레가스를 임명했다. 본래 민혁과 파브레가스 사이에서 고민하던 벵거였지만, 민혁이 주장직을 고사함으로써 파브레가스가 주장으로 임명된 것이다.

'주장 그거 해봐야 귀찮기만 하지.'

민혁은 생각했다. 언젠가 주장을 하게 될 날도 있긴 하겠지만, 개인 기량을 발전시키는 데 집중해야 할 지금은 주장이란 직함에 빠져 시간을 뺏길 때가 아니었다.

그런 생각을 하며 개인 훈련에 몰두하고 있을 때, 훈련장에 들어온 누군가가 민혁을 불렀다.

"윤!"

"응?"

민혁은 고개를 돌려 상대를 확인했다. 이번 시즌 1군으로 올라온 잭 윌셔였다.

아직 아스날의 주전으로 뛰기엔 한참 모자란 구석이 있는 윌셔였지만, 저 나이대의 민혁과 비교해도 그렇게 떨어지는 느낌은 들지 않았다. 아스날의 스쿼드를 생각하면 아마도 다음이나 다다음 시즌에 주전으로 나설 수 있을 것 같았다.

잠깐 그런 생각을 하던 민혁은 그에게 물었다.

"무슨 일이야?"

"왜 주장 거절했어요?"

"응?"

"세스크가 그러던데요? 윤이 거절 안 했으면 윤이 했을 거라고."

월셔는 이해할 수 없다는 표정으로 민혁을 보았다. 파브레가스가 주장에 어울리지 않다는 건 아니었지만, 그래도 파브레가스보다는 아스날 12세 이하 팀부터 시작한 민혁이 주장에 더 어울린다고 생각했기 때문이었다.

"왜? 세스크가 마음에 안 들어?"

"그건 아닌데……."

"그럼 됐잖아."

민혁은 웃으며 패스를 보냈다. 월셔는 공을 받아 원터치로 민혁에게 돌려보냈고, 민혁은 그 공을 허공에 띄워 손으로 잡고는 입을 열었다.

"나 지금 굉장히 중요한 시기야. 주장 완장 차는 것도 좋지만 훈련에 좀 집중하고 싶다고."

"훈련요?"

"개인 훈련. 너도 받을래?"

월셔는 대답 대신 고개만 갸웃하다 질문을 던졌다.

"윤이 무슨 훈련을 해요? 지금도 아스날 최고잖아요."

"아직도 루니보다 뒤쳐진다는 게 마음에 안 들어서."

그는 그제야 납득한 표정을 지었다. 민혁이 예전부터 루니에게 묘한 경쟁심이 있다는 걸 느껴왔기 때문이었다.

"말 나온 김에 너도 훈련 좀 할래? 200만 달러나 들여서 데려온 팀이야."

"얼마요?"

"파운드로는 150만 정도?"

월셔는 입을 쩍 벌렸다. 이제 막 1군 계약을 맺은 그로서는 어마어마하게 느껴지는 금액이었다.

"잠깐, 지금 주급 6만 받지 않아요?"

"난 스폰서도 있잖아. 발롱도르 최종 후보 23인 오른 다음에 금액도 올랐어."

"얼마나 받는데요?"

"뉴스 안 봤어?"

민혁은 대수롭지 않다는 기색으로 금액을 밝혔다.

본래 민혁이 받는 스폰은 연간 120만 파운드였다. 하지만 지난달에 발롱도르 최종 후보 23인에 민혁의 이름이 오르면서, 아스날의 공식 스폰서인 나이키는 민혁과 재협상에 들어가 30% 상승한 금액으로 재계약을 체결했다. 최근 급격히 성장하고 있는 아시아 축구 시장에 진입하려면 민혁의 존재가 필요하다는 계산이었다.

그로 인해 민혁이 받게 된 액수는 연간 156만 파운드. 2008년 환율로는 31억 5천만 원에 달하는 금액이었다.

이야기를 들은 월셔는 놀라며 말했다.

"장난 아니네요."

"너도 나만큼만 하면 돼. 아시아인 버프가 없으니까 금액은 조금 줄어들긴 하겠지만 말이야."

"…힘들 것 같은데요?"

"충분히 할 수 있어. 너도 재능은 루니랑 동급이니까."

민혁은 회귀 전 보았던 장면을 머릿속에 그려보았다. 챔피언스리그에서 사비와 이니에스타, 그리고 부스케츠를 상대하면서도 그들을 압도했던 잭 윌셔의 모습이었다.

그때가 바르셀로나의 전성기였으니, 잭 윌셔의 재능만큼은 결코 부정할 수 없었다.

'유리 몸이 되지만 않으면 말이지.'

거기까지 생각이 미친 민혁은 진지한 얼굴로 입을 열었다.

"너 내년쯤엔 임대를 갈 것 같은데, 그 전까지라도 훈련 좀 받지 그래?"

"저 그런 돈 없어요."

"괜찮아, 트레이너들은 내가 고용한 거니까. 부탁하면 프로그램 정도는 만들어줄 거야."

고개를 끄덕인 윌셔는 다른 한 사람의 이름을 꺼냈다.

"케인은요?"

"케인?"

해리 케인은 아직 1군에 진입할 실력이 안 됐다. 그러니 지금은 집중적인 교정을 받는 것보다, 아스날 18세 이하 팀에서 확고한 주전이 되는 게 먼저였다.

민혁은 쓴웃음을 물고 말을 이었다.

"케인한텐 비밀이다."

월셔는 웃으며 고개를 끄덕였다. 케인에겐 좀 미안하지만 민혁에게도 생각이 있으리라 여겼기 때문이었다.

그로부터 얼마 후.

민혁은 벵거의 부름을 받았다.

*　　*　　*

벵거는 조금 불편한 표정을 짓고 있었다. 그걸 보고 고개를 갸웃했던 민혁은 벵거가 꺼낸 이야기를 듣고는 아차 하는 심정으로 눈을 감았다. 자신의 개인 트레이너들에 대한 부분이었다.

'당분간 감독님한테도 비밀로 하라고 해야 했는데……'

민혁은 뒤늦은 탄식을 터뜨렸다. 개인적으로 팀을 만들어 몸 상태를 체크하고 조율하는 선수가 있다는 건, 분명히 아스날 피지컬 코치와 의료진의 체면을 깎는 일이 될 수도 있었다.

월셔가 나이가 많았다면 그 점을 이해할 수 있었겠지만, 아직 어린 그에게 그런 부분을 알아서 조율해 주길 바라는 건 아무래도 무리였다. 그 점을 설명해 주지 않은 민혁의 실수라는 뜻이었다.

조금 더 생각을 잇던 민혁은, 이왕 이렇게 된 김에 확실히 허락을 받자고 생각하며 입을 열었다.

"개인 트레이너가 있어서 안 될 건 없잖아요."

"축구는 팀 스포츠다. 팀원 모두가 같은 의료진에게 진단을 받고 상태를 파악하는 게 좋아. 한 명만 다른 의료진에게 의존한다면 팀의 결속력이 깨질 수 있으니 말이다."

벵거는 숨을 한 번 내쉰 후 설명을 보강했다.

"네가 생각하기엔 별문제가 아닐지도 모른다. 하지만 팀의 결속력이라는 건 그런 미세한 부분 하나로 인해서 흐트러질 수도 있고 단결이 될 수도 있어. 나로선 굳이 위험부담을 감수하고 싶지 않은 게 사실이다."

민혁은 한숨을 쉬었다. 아무래도 말로 설득하는 건 쉽지 않아 보였다.

"별로 탐탁지 않은 것 같구나."

"네."

"어째서지?"

벵거는 이해할 수 없다는 표정으로 물었다. 그는 사실 민혁이 개인 팀을 만들어 트레이닝을 하고 있었다는 사실도 이상하게 여기고 있었다. 아스날의 의료진은 프리미어리그 최고라고 굳게 믿고 있었기 때문이었다.

민혁은 말했다.

"확실히 효과를 봤으니까요."

"그래?"

"네."

잠깐 말을 멈췄던 벵거는 서랍을 열어 몇 장의 서류를 꺼냈다. 아스날 선수들의 피지컬을 적어둔 기록지였다.

거기엔 지난 몇 달 동안의 기록이 적혀 있었다. 거기에 적힌 민혁의 상승세는 너무도 뚜렷했고, 다시 한번 그것을 확인한 벵거는 복잡한 표정으로 입을 열었다.

"이게 트레이너를 고용한 성과라는 건가?"

"네."

벵거는 손가락으로 이마를 두들겼다. 머릿속으로 뭔가 생각을 이어가고 있는 것 같았다.

잠시 후. 벵거는 다시 민혁을 보며 질문을 던졌다.

"왜 팀 의료진에게 도움을 받지 않았지?"

"우리 팀 의료진은 안 될 거라고 했으니까요."

"…그랬나?"

"네."

그는 다시 입을 닫았다. 머릿속이 복잡해진 느낌이었다.

"결과가 좋은 건 다행이다만, 위험할 수도 있는 선택이었다."

"하지만 미국이 영국보다 의료 기술이 좋은 건 분명하잖아요."

"그건……."

벵거는 말을 잇지 못했다. 미국의 의료 기술이 유럽보다, 특히 공기업처럼 운영되는 영국의 의료보다는 훨씬 좋음이 분명했기 때문이었다.

"네가 고용한 트레이너들이 아스날 의료진보다 실력이 좋다는 거구나."

"네, 로시츠키랑 반 페르시랑 디아비도 체크를 받게 해보고 싶을 만큼요."

답을 들은 벵거는 쓴웃음을 물었다. 아스날 의료진이 총동원되어도 유리 몸을 좀처럼 벗어나지 못하는 반 페르시를 생각하자 저절로 한숨이 나올 지경이었다.

고민하던 그는 10여 분이 지난 후에야 말을 꺼냈다.

"그 트레이너들의 도움을 한번 받아보고 싶구나."

"네?"

"로빈 말이다."

벵거는 당황하는 민혁을 보며 설명을 이었다.

"만약 네가 고용한 트레이너들이 로빈의 상태를 낫게 한다면, 네 방식대로 아스날 의료 시스템을 업그레이드할 생각도 있다. 정말 효과가 있다면 꺼릴 이유가 없으니 말이다."

민혁은 그 말에 고개를 끄덕였다. 자신이 고용한 팀의 실력을 확실히 믿기도 했지만, 반 페르시가 유리 몸에서 좀 더 빨리 탈출한다면 아스날의 성적도 월등히 좋아질 거라고 믿었기 때문이었다.

그는 곧바로 말을 이었다.

"네, 바로 연락해 볼게요."

* * *

갈라스는 좀처럼 경기에 나서지 못했다. 팀 내 불화를 팀 밖으로 보였다는 이유로 주장에서 내려왔지만, 겨우 그것만으로 팀원들의 마음이 풀릴 리 없기 때문이었다.

그로 인해 반사이익을 본 건 미나기타 히사토였다. 주전은 투레와 베르마엘렌이 차지했지만, 미나기타가 그다음인 3순위 센터백으로 기용되기 시작한 것이다.

그리고 2월 초.

러시아와 유로 2008의 슈퍼스타 안드레이 아르샤빈이 아스날과 계약을 앞뒀다는 소식이 전해졌다.

"반갑네."

벵거는 멀리서 온 슈퍼스타에게 악수를 청했고, 그는 감격에 젖은 표정으로 벵거의 손을 잡고 고개를 숙였다.

하지만 훈훈하게 시작된 협상의 결과는 좋지 못했다. 아르샤빈의 대리인과 벵거의 협상이 계속해서 불발되면서, 벵거를 만난 후 호텔로 돌아갔던 아르샤빈이 화를 참지 못하고 호텔 문을 박차고 공항으로 나가 버린 까닭이었다.

그는 호텔 앞에 서 있는 택시를 잡아타고 입을 열었다.

"잇티 에어로포르트(идти аэропорт: 공항으로)."

"뭐요?"

"아… 공항, 공항 갑시다."

택시 기사는 인상을 쓰며 백미러를 보다, 화들짝 놀라며 고개를 돌렸다.

"아르샤빈?"

"맞아요. 공항 갑시다."

"아스날과 계약하는 거 아니었습니까?"

아르샤빈은 탐탁지 않다는 표정을 지었다. 기사는 대답이 없는 아르샤빈의 모습에 불길함을 느끼면서도 액셀을 밟아 차를 출발시켰고, 아르샤빈은 아예 시트에 몸을 묻은 채 눈을 감아버렸다.

아스날 팬인 택시 기사는 불안한 표정으로 백미러를 힐끗힐끗 쳐다보다, 지나가는 듯한 말투로 그에게 말을 걸었다.

"오늘 눈이 많이 와서 비행기가 안 뜰 가능성이 있는데……."

아르샤빈은 대답을 하지 않았다. 단단히 화가 난 모양이었다.

그를 본 택시 기사는 초조해졌다. 유로 2008을 통해 전 유럽의 스타로 떠오른 아르샤빈의 영입은 모든 구너(아스날의 골수팬)들이 바라던 일이었다.

무패 우승 멤버가 해체된 이후 처음으로 스타급 플레이어를 영입하게 될지도 모른다는 기대감을 느끼던 그였던지라, 아르샤빈이 보이는 모습은 그를 불안하게 하고 있었다.

'영입이 엎어졌나?'

택시 기사는 불안해하며 계속 차를 몰았다. 어쨌거나 손님이 원하는 대로 공항으로 가는 게 그가 해야 할 일이었다.

눈 쌓인 도로를 천천히 달리던 중, 느린 속도에 답답해하며 주변을 두리번거리던 아르샤빈은 이상한 것을 보고는 입을 열었다.

"저건 뭡니까?"

아르샤빈은 택시 면허증 옆에 붙어 있는 사인을 가리켰다. 어딘지 모르게 조잡해 보이는 사인을 보물처럼 코팅까지 해서 붙여놓은 이유가 궁금했던 모양이었다.

택시 기사는 자랑스레 입을 열었다.

"아스날의 윤이라고 알죠?"

"압니다. 윤."

아르샤빈도 민혁에 대해선 알고 있었다. 얼마 전 발롱도르 후보 최종 23인에까지 올라갔던 민혁이니만큼, 저 먼 러시아의 축구계에도 이름이 알려진 까닭이었다.

"윤이 처음 여기 왔을 때 이 차를 탔거든요. 그땐 요만한 꼬맹이였는데, 자기가 이안 라이트만 한 선수가 될 거라고 하더니 정말로 그렇게 됐지 뭡니까."

"이안 라이트?"

"앙리 이전 아스날 최다 득점자죠. 그땐 이안 라이트가 최고였어요."

거기까지 이야기하던 택시 기사는 백미러로 아르샤빈의 눈치를 살피며 말했다.

"눈이 너무 많이 왔는데요. 이래서 비행기 뜰까요?"

"…일단 갑시다."

아르샤빈은 러시아로 돌아갈 뜻을 버리지 않았다. 지지부진한 협상에 완전히 마음이 틀어져 버린 것 같았다.

"뭐가 마음에 안 드는 건지는 모르겠는데, 아스날도 좋은 클럽이에요. 구장 건설 때문에 무패 우승 멤버를 죄다 팔아치운 건 마음에 안 드는데, 그래도 우승권에 머물러 있는 클럽이니까요. 당장 작년 우승 팀이 아스날 아닙니까."

"챔스 우승은 맨유가 했잖습니까."

"그거야 호날두가 미쳐 날뛴 시즌이니 그렇죠. 이번 시즌엔 아스날이 우승할 겁니다. 윤도 있고 파브레가스도 있으니까요."

"그 둘이 그렇게 잘합니까?"

"당연하죠."

택시 기사는 빨간 불에 차를 세우자마자 고개를 돌려 그를 보며 강력히 주장했다.

"윤이랑 파브레가스가 프리미어 최고의 미드필더들이에요. 한 3년 전 같으면 램파드랑 제라드가 최고였겠지만, 이제 둘 다 늙어서 내리막만 남았으니까요."

"리버풀이랑 첼시에선 그렇게 생각 안 할 텐데요."

"안 하긴!"

아르샤빈은 고개를 살짝 기울였다. 어째 택시 기사의 목소리에 확신이 담겨 있는 것 같았기 때문이었다.

"내 친구가 첼시 팬인데 나랑 술 마시면 맨날 하는 이야기가 윤 좀 데려가고 싶다는 거요. 윤한테 오퍼 좀 크게 넣으라고 로만 욕하는 게 습관이야 습관."

"오퍼? 크게 넣어라?"

"몰랐나 본데, 로만이 벌써 몇 년째 윤한테 오퍼를 넣고 있어요. 이번엔 5,000만 파운드 넣었다가 거절당했다던데?"

아르샤빈은 놀랐다. 유로 2008이 끝난 직후, 주가가 가장 높았을 때의 자신에게 제의되었던 금액이 약 4,000만 유로였다.

유로와 파운드의 환율을 감안하면, 민혁이 아르샤빈 자신보다 두 배는 높은 가치를 가지고 있다는 평가를 받는다는 뜻이었다.

곰곰이 생각하던 그는 다시 고개를 돌리고 액셀을 밟는 택시 기사를 향해 질문을 던져보았다.

"하나 물어보죠."

"예?"

"나와 윤 중에서 누가 더 실력이 낫다고 봅니까?"

택시 기사는 조금의 고민도 없이 입을 열었다.

"그야 윤이죠."

아르샤빈은 눈썹을 꿈틀했다. 비록 민혁이 2008 발롱도르 최종 후보 23인에 들어가긴 했지만, 유로 2008 4강의 주역이자 러시아의 주장인 자신보다 낫다는 말이 바로 나올 줄은 몰랐기 때문이었다.

자존심을 다친 그는 못마땅한 표정으로 말했다.

"유로 베스트 11인 나보다 윤이 낫다는 겁니까? 윤은 UEFA 베스트 11에도 못 들었는데?"

"그야 포지션 경쟁자가 메시랑 토레스잖아요. 발롱도르 2위랑 3위요. 유로엔 메시가 못 나가는데 그거 가지고……."

아르샤빈은 울컥했다. 물론 메시가 있고 없고의 차이가 크긴 했지만, 어쨌거나 베스트에 오른 자신이 민혁보다 못하다는 말은 납득할 수 없었다.

"거기에 윤은 발롱도르 후보에도 올랐잖아요? 아깝게 3위 안에 못 들었지만."

"난 러시아에서 뛰어서 손해를 봤죠."

"그거야 뭐……."

택시 기사는 애매한 표정으로 백미러를 보았고, 그것에 비친 기사의 표정은 아르샤빈을 또 한 번 울컥하게 만들었다. 손님이니까 마지못해 인정해 준다는 것 같은 모습이기 때문이었다.

아르샤빈은 숨을 길게 내쉰 후 말했다.

"내가 더 낫다는 걸 확실히 보여주죠."

그는 주먹을 꽉 쥐며 말을 이었다.

"아스날로 갑시다."

* * *

아르샤빈은 아스날과 계약을 체결했다. 본래는 막판까지 분초를 다투는 치열한 타협 끝에야 간신히 이뤄진 계약이었지만, 이번엔 민혁에게 경쟁심을 느낀 아르샤빈이 조건을 상당히 양보하면서 마감을 두 시간 이상 남기고 계약이 이루어졌다.

그들은 몰랐지만, 덕분에 수명이 연장된 아스날 팬도 있었다. 본래대로였다면 마음을 졸이다 못해 혼절해 쓰러졌어야 할 사람도 있었기 때문이었다.

어쨌거나, 아르샤빈의 합류는 아스날의 공격력을 급격히 상승시켰다. 지난 시즌에 비해 활약이 떨어진 아데바요르의 공백을 아르샤빈이 채워준 덕분이었다.

그렇게 이어지던 아스날의 시즌은 어느새 막판으로 접어들었다.

아스날은 리그에선 맨체스터 유나이티드에 이은 2위에 랭크되어 있었고, 챔피언스리그도 4강전에 진출해 있었다. 공교롭게도 그 4강전 상대가 맨유였는데, 안타깝게도 1차전은 맨유에 1 대 0이란 스코어로 패배를 기록했다.

민혁과 파브레가스가 박지석과 존 오셔에게 꽁꽁 묶여 버린 탓도 있었지만, 이번 시즌의 아데바요르가 자비의 화신이 되었던 게 훨씬 큰 문제였다.

"요즘 왜 그래?"

"뭐가?"

"컨디션이 좀 안 좋아 보여서."

아데바요르는 별말 없이 고개를 저었다. 하지만 표정은 좋지 않았는데, 아마도 가족과 또 한바탕한 모양이었다.

"괜찮아. 아무 일 없어."

아데바요르는 짧게 답하곤 자리를 떴다. 누가 보아도 무슨 일이 있는 것 같은 모습이었다.

하지만 벵거는 아데바요르의 부진에 대해 별다른 걱정을 하지 않았다. 아데바요르의 부진이 일시적인 것이라 믿기도 했지만, 민혁이 고용한 팀에게 케어를 받은 반 페르시가 점점 건강해지고 있기도 했기 때문이었다.

'근데 오늘은 벤트너가 나가네.'

민혁은 당황하며 출전 명단을 살펴보았다. 투톱은 아르샤빈과 벤트너가 차지하고 있었고, 그 아래엔 자신과 디아비, 그리고 알렉스 송과 월콧이 2선을 이뤘다. 거기에 수비진도 미나기타가 포함된 후보진이었는데, 아마도 며칠 후 있을 챔피언스리그 4강 2차전을 대비해 주전을 아끼기 위함인 것 같았다.

"감독님."

"뭐냐."

"저 선발이에요?"

벵거는 고개를 끄덕이며 말했다.

"로시츠키가 햄스트링이 올라왔다는구나."

"네?"

"오늘 갑자기 연락이 왔다. 60분 정도에 교체해 주마."

민혁은 쓴웃음을 물었다. 하기야 원래대로라면 한 시즌을 통으로 날렸을 로시츠키니 이상할 것도 없었다.

선발을 수용한 민혁은 경기장에 들어섰고, 아르샤빈은 주변을 한 차례 둘러본 후 민혁에게 다가와 입을 열었다.

"윤, 내기할까?"

"내기?"

"득점 경쟁."

민혁은 미간을 좁히며 말했다.

"난 오늘 윙인데?"

"어시도 포함하는 걸로 하면 되잖아?"

"…그거 꼭 해야 돼?"

아르샤빈은 단호한 표정으로 고개를 끄덕였다. 오늘 나온 선발 명단에서 주전이라 할 수 있는 건 자신과 민혁뿐이었기에, 오늘 경기야말로 두 사람의 우열을 확실히 가릴 기회라 생각하고 있었던 탓이었다.

민혁은 어깨를 으쓱한 후 입을 열었다.

"뭘 걸고 하자는 건데?"

"한국에서 자기보다 높은 사람을 뭐라고 불러?"

"형?"

"좋아, 내가 이기면 앞으로 날 형이라고 불러."

"내가 이기면?"

"한 달 동안 밥 살게."

민혁은 냉큼 고개를 끄덕였다. 어차피 아르샤빈이 나이가 많으니 설령 지더라도 손해가 아니었다.

"좋아."

아르샤빈은 의욕을 불태우며 자리로 향했다.

하지만 그는 초반부터 엄청난 난관에 빠지고 말았다.

포츠머스의 수비수들은 아르샤빈을 집중적으로 마크했다. 유로 2008에서의 활약도 활약이었지만, 지난 리버풀전에서 거의 원맨쇼에 가까운 활약을 보이면서 아스날의 승리를 이끈 것이 아르샤빈이기 때문이었다.

상대적으로 자유를 얻은 민혁은 포츠머스의 수비진을 마구 헤집었다. 그렇지 않아도 프리미어리그 최고의 드리블러 중 하나로 꼽히던 민혁이었던 데다, 작년부터 전담 팀의 관리로 좋아진 신체 능력이 더해지자 물 만난 고기처럼 필드를 누빌 수 있었다.

경기 시작 후 37분이 흘러갔을 때, 중계진은 믿을 수 없다는 기색을 섞어 크게 외쳤다.

—상상도 못 했던 일이 일어났습니다! 니클라스 벤트너 해트트릭입니다!

벤트너는 두 팔을 높이 들며 환호하다 민혁을 껴안았다. 세 골 모두 민혁의 패스로 이루어진 득점이었다.

—윤민혁 선수, 방금 한 패스로 리그 19호 어시스트를 기록했네요. 티에리 앙리가 기록한 한 시즌 최다 어시까지는 이제 한 포인트밖에 안 남았다는 이야깁니다.

—리그가 지금 세 경기 남았는데요, 35라운드에서 19개의 어시스트라면 산술적으로 한 경기에 0.54개의 어시스트를 하고 있다는 이야기에요. 3경기면 1.62개가 가능하단 뜻입니다. 앙리의 기록을 넘을 수 있다는 거죠.

—아직 전반도 다 끝나지 않았습니다. 어쩌면 이번 경기에서 대기록을 세울 수 있을지도 모릅니다.

하지만 중계진의 바람은 이뤄지지 않았다. 벵거는 3일 후 있을 맨체스터 유나이티드와의 챔피언스리그를 위해 후반전에 민혁을 빼고 카를로스 벨라를 투입한 것이다.

그 경기는 아르샤빈의 두 골과 벨라의 한 골, 그리고 포츠머스의 만회골을 포함해 6 대 1로 끝을 맺었다.

"…젠장."

아르샤빈은 두 골이나 넣고도 미간을 찌푸렸다. 민혁과의 내기에서 졌기 때문이었다.

민혁은 웃으며 그에게 말했다.

"한 달 동안 잘 부탁해."

*　　　*　　　*

2009년 5월 5일, 오후 7시 45분.

에미레이츠 스타디움은 엄청난 흥분에 휩싸여 있었다. 홈에서 열리는 챔피언스리그 4강전이라는 것도 이유였지만, 상대가 리그 최대 라이벌인 맨체스터 유나이티드라는 게 더 큰 이유였다.

"오늘 진짜 살벌하네."

민혁은 구장을 채운 팬들을 보며 혀를 내둘렀다. 프리미어리그에서 가장 신사적이라는 평가를 받는 것이 바로 아스날의 팬들이지만, 적어도 오늘은 그런 평가를 잠시 접어야 할 것 같았다.

"우리 밀월 구장으로 잘못 온 거 아냐?"

"아니야."

반 페르시는 웃으며 답하곤 고개를 돌렸다. 맨체스터 유나이티드의 선수들이 있는 방향이었다.

맨체스터의 선수진은 화려하기 그지없었다. 첼시에 이어 선수단 몸값 랭킹 2위를 기록하고 있는 맨체스터 유나이티드는 크리스티아누 호날두와 웨인 루니, 그리고 박지석을 공격진에 포진시켰고, 그 뒤를 대런 플레처와 마이클 캐릭, 그리고 아직까지 골든 보이의 환상이 빠지지 않은 노룩패스의 달인 안데르송이 채우고 있었다.

그 뒤를 받친 건 존 오셔와 리오 퍼디난드, 네마냐 비디치와 파트리스 에브라였다. 존 오셔가 나온 게 뜻밖이긴 하지만, 개리 네빌의 노쇠화 이후 뚜렷한 오른쪽 풀백을 구하지 못한 걸 생각하면 납득할 만한 선택이었다.

그리고 골키퍼는 에드윈 반 데 사르.

그 든든한 골키퍼를 지켜본 민혁은 불안해졌다. 아스날은 로페스의 감기로 인해 알무니아가 골문을 지키고 있었기 때문이었다.

그가 느끼는 불안은 막 중계를 시작한 한국의 방송사 관계자들도 느끼고 있었다.

—시청자 여러분 안녕하십니까. KBC 스포츠의 송영준.

—조용찬입니다.

중계진은 인사를 마친 후 선수단을 소개하고는 나름의 분석을 꺼내보았다.

—오늘 아스날의 골문은 알무니아 골키퍼가 지키게 됐는데요, 원래 아스날의 주전은 디에고 로페스 선수 아니었습니까? 이 중요한 경기에서 세컨드 키퍼를 쓸 이유가 있나요?

—현지 중계진의 보도에 따르면 디에고 로페스 선수가 심한 감기에 걸려서 경기에 나올 수 없다고 합니다. 아스날로서는 정말 뼈아픈 손실이에요.

—네, 양 팀 모두 누수가 있는 경기입니다. 하지만 아스날이 누수가 더 크죠?

—그렇습니다. 아스날은 골키퍼인 로페스 선수도 그렇지만 주전 풀백인 클리시 선수도 부상으로 나오지 못하고 있거든

요. 거기에 아르샤빈 선수는 전 소속 팀인 제니트에서 이미 챔스를 나왔기 때문에 아스날 소속으로는 경기에 나올 수 없어요. 아스날로서는 엄청난 손실입니다.

조용찬 해설은 아스날의 전력 누수를 차근차근 짚었다. 아데바요르와 반 페르시, 그리고 월콧이 포진되어 있는 아스날의 공격진은 누가 보아도 맨유에 비할 바가 아니었다.

—그래도 미드필더진은 윤민혁 선수와 파브레가스 선수가 버티고 있는 아스날이 좀 더 강하지 않나요?

—그렇습니다. 플레처 선수와 캐릭 선수도 좋은 선수지만, 윤민혁 선수와 파브레가스 선수는 프리미어리그 최고의 미드필더로 꼽히고 있으니까요. 거기에 파브레가스와 조합이 좋은 플라미니도 있지 않습니까? 좀 투박하지만 활동량 하나만큼은 박지석 선수와 함께 양 팀에서 최고로 꼽히죠.

—그러고 보니 이번 경기는 코리안 더비네요. 누가 이기든 대한민국 팬들로서는 기쁨과 탄식이 공존하겠어요.

그들이 그런 대화를 나누는 동안, 오늘 경기의 주심인 로베르토 로세티가 휘슬로 경기의 시작을 알렸다.

—아스날과 맨체스터 유나이티드의 챔피언스리그 4강전, 심판의 휘슬과 함께 시작됩니다.

에미레이츠 스타디움에서 열린 경기는 홈팀 아스날의 선축으로 시작되었다.

1차전에서 아쉽게 패배한 아스날은 맨유를 강하게 밀어붙였다. 1 대 0 패배를 당했던 아스날이라 2골 이상의 격차를 내고 이겨야 결승전으로 올라갈 수 있기 때문이었다.

—아, 박지석 선수 윤민혁 선수에게 달라붙습니다. 1차전과 똑같은 양상이에요.

—1차전에선 완벽히 통했죠. 윤민혁 선수는 90분 내내 아무것도 못 했습니다.

민혁은 미간을 찌푸리며 중앙으로 내려갔다. 하지만 박지석은 공과 상관없이 민혁에게 달라붙어 그에게 공이 가는 걸 완전히 차단해 버렸다.

지난 1차전에서도 마찬가지였지만, 피를로가 이런 기분이었겠구나 하는 느낌이 드는 순간이었다.

민혁은 혀를 내두르며 이어진 패스를 원터치로 급히 돌려보냈다. 아무리 노력해도 도저히 박지석을 떼어낼 수 없었다.

—아, 윤민혁 선수 완전히 꽁꽁 묶였습니다. 프리미어리그에서 탈압박이 가장 좋은 선수로 꼽히는 게 윤민혁 선수인데요. 오늘 경기에서는 제 모습이 나오지 않고 있어요.

—이건 윤민혁 선수가 못하는 게 아니라 박지석 선수가 잘하는 겁니다. 아예 공을 잡을 기회조차 안 주고 있잖습니까? 이건 퍼거슨 감독이 윤민혁 선수에게 공이 가는 상황 자체를 막아버리라는 지시를 내린 거예요. 맨유가 가장 위협적인 상

대로 파브레가스가 아닌 윤민혁 선수를 꼽았다는 거죠.

중계진은 애써 민혁을 띄워주었다. 하지만 그런다고 해서 상황이 달라지진 않았다.

달라붙는 박지석에게 질려 버린 민혁은 투덜대듯 말했다.

"그만 좀 달라붙어요."

"싫어."

민혁은 한숨을 쉬며 고개를 저었다.

박지석은 공이 올 만한 방향을 먼저 선점하는 식으로 움직여 민혁에게 공이 가는 걸 철저하게 막고 있었다. 원래대로의 박지석이라면 무릎 부상 후유증으로 속도가 저하되어 보일 수 없는 움직임이었겠지만, 민혁이 대표 팀에 합세하면서 생긴 여유 덕분에 무릎 부상을 당하지 않아 지금과 같은 움직임을 보일 수 있었다.

상황은 점점 더 맨유에게 유리한 방향으로 흘렀다. 맨유에서 박지석이 차지하는 비중과 아스날에서 민혁이 차지하는 비중이 다르기 때문에 벌어지는 현상이었다.

그러던 전반 26분.

호날두의 중거리 포에 골망이 출렁였다.

—호날두! 크리스티아누 호날두 득점입니다! 30m 거리에서 중거리 슛! 알무니아는 반응도 못 하고 골을 허용합니다.

에미레이츠로 원정을 온 맨유 팬들은 일제히 호날두를 연호했다. 비록 지난 시즌에 비하면 약간의 손색이 있었지만, 그래도 작년 발롱도르 수상자의 이름값에 걸맞는 활약이었다.

민혁은 입술을 질끈 물었다. 이런 식으로 끌려다녀서야 패배가 뻔했다.

“이제 세 골 넣어야 되네.”

“안 된다니까.”

“…한 골 정도는 허용해도 되잖아요. 그만 좀 따라다녀요.”

박지석은 피식 웃고는 자리로 돌아갔다. 경기가 재개되면 다시 따라붙어서 꽁꽁 묶어주겠다는 의지가 보이는 표정이었다.

한숨을 쉰 민혁은 시계를 힐끗 바라보았다.

“64분 남았나?”

민혁은 살짝 초조해졌다. 더 이상 실점이 없더라도 21분마다 한 골씩을 넣어야 결승전에 오를 수 있었다.

‘좀 무리해야겠어.’

민혁은 저 멀리서 자신을 보는 박지석의 시선을 느끼곤 몸을 떨었다. 그를 모기 같다고 말한 피를로의 심정에 완벽하게 동의할 수 있을 것 같았다.

그 직후.

다시 재개된 경기는 이전과 조금 다른 흐름으로 돌아갔다.

*　　*　　*

후반 19분.

아스날과 맨체스터 유나이티드의 스코어는 2 대 2가 되어 있었다. 파브레가스의 패스를 받은 반 페르시의 득점포와 민혁의 40m 드리블 골로 아스날이 역전에 성공했지만, 깁스가 박지석에게 범한 반칙으로 페널티킥을 내주는 바람에 다시 따라잡힌 탓이었다.

골을 넣은 호날두는 페널티킥을 얻어낸 박지석과 얼싸안은 채 포효를 질렀다. 결승전에 진출하는 건 우리라고 강조하고 있는 것 같았다.

민혁은 허탈한 표정으로 고개를 저었다. 박지석의 압박에서 벗어나기 위해 무리할 정도로 필드를 뛰어 역전골을 넣은 게 후반 17분의 일이었다. 그런데 불과 3분이 채 지나기도 전에 동점골을 허용했으니 허탈감이 오지 않을 수 없었다.

"돌겠다."

민혁은 오른손으로 눈을 가리며 한숨을 쉬었다.

그래도 민혁은 사정이 나았다. 정신력으로 버티고 있던 플라미니는 맨유의 동점골이 들어가자마자 바닥에 쓰러져 숨만 헐떡였는데, 동점골이 들어가지 않았더라도 얼마 버티지 못했을 것 같은 모습이었다.

결국 벵거는 플라미니를 불러들이고 송을 들여보냈다.

—아르센 벵거 감독, 플라미니와 송을 바꿔줍니다. 저건 어떤 의미의 교체일까요?

—플라미니 선수가 많이 뛰었어요. 맨체스터 유나이티드의 박지석 선수가 윤민혁 선수를 아주 많이 괴롭히지 않았습니까? 윤민혁 선수는 박지석 선수에게서 벗어나기 위해서 평소보다 더 많이 뛰었고요. 그걸 옆에서 커버해 준 게 플라미니 선수인데, 플라미니 선수는 수비 상황에서도 그만큼 뛰었단 말이죠. 아무리 철인이라고 해도 저 정도면 완전히 지쳤을 겁니다.

—그렇군요. 아, 방금 동명대학교 스포츠 통계 팀에서 정보가 들어왔는데, 플라미니 선수는 이 경기에서 무려 11.8㎞를 뛰었다고 합니다. 이제 겨우 후반 20분에 접어드는 시점이니까, 70분 만에 거의 12㎞를 뛰었다는 거네요.

해설진은 혀를 내둘렀다. 산소 탱크라는 별명을 가진 박지석의 풀타임 기록과 비교해도 떨어지지 않을 활동량이었다.

—박지석 선수와 윤민혁 선수도 많이 뛰었는데요. 두 선수의 활동량은 얼마나 되죠?

—현재까지 박지석 선수가 약 9.4㎞, 윤민혁 선수가 8.7㎞를 뛰었네요. 이것도 대단한 겁니다. 평범한 선수들은 90분 풀타임을 뛰어야만 나오는 수치거든요.

—박지석 선수의 활동량이 더 많은 건 아무래도 역습 상황 때문이겠죠?

—그렇습니다. 박지석 선수는 윤민혁 선수를 묶는 것은 물론, 역습 상황에서 맨유의 한 축을 담당하고 있거든요. 거기에 공을 뺏기면 다시 윤민혁 선수에게 달려들어 아주 꽁꽁 묶지 않았습니까? 엄청난 활동량이 필요한 일이죠.

—하지만 윤민혁 선수가 더 지쳐 보이는군요. 역시 타고난 체력의 차이겠죠?

—윤민혁 선수는 기술파라서 활동량이 그렇게 많지 않죠. 평소엔 풀타임을 뛰어야 8㎞를 간신히 넘기는 선수입니다. 지금쯤 숨을 쉬기도 힘들 거예요. 그런 상황에서 40m 드리블 돌파와 득점을 성공했다는 것도 정말 잘한 겁니다.

그러나 민혁은 아직 여력이 남아 있었다. 그들의 말대로 민혁의 평소 활동량이 특출난 건 아니었지만, 일 년 가까이 이어진 트레이닝의 효과로 체력이 많이 좋아진 민혁이었다. 100%는 아니라도 90% 정도의 실력을 낼 수 있을 체력은 아직 남아 있단 뜻이었다.

그사이 다가온 박지석은 민혁에게 바짝 붙으며 말했다.

"힘들지?"

"힘든 거 알면 그만 좀 붙어요."

민혁은 또다시 달라붙는 박지석에게 진저리를 내고는 송에게 눈짓을 보냈다. 일단 파브레가스 쪽으로 공을 보내라는 신호였다.

송은 순순히 신호에 따랐다. 그러자 박지석은 파브레가스와 민혁의 사이를 가로막는 지점으로 이동했고, 일부러 박지석의 몸을 슬쩍 밀어 자리싸움을 거는 척하던 민혁은 박지석이 몸으로 버티는 기미를 보이자마자 앞을 향해 쏜살같이 내달렸다.

"엇!"

박지석은 당황하며 휘청였다. 버티려고 힘을 준 탓에 생긴 관성 때문이었다.

그렇게 민혁은 노마크가 되었고, 파브레가스는 그런 민혁을 놓치지 않았다.

—파브레가스 패스! 아무도 없는 공간으로 향합니다! 윤민혁 선수 질주! 퍼디난드 선수도 공을 향해 뜁니다!

—아, 빠릅니다. 두 선수 다 빨라요.

—윤민혁 선수 공 잡습니다. 퍼디난드, 윤민혁 선수 앞을 막아섭니다. 윤민혁 선수, 윤민혁 선수, 그대로 돌파합니다!

민혁은 퍼디난드의 가랑이 사이로 공을 밀어 넣고 달려 그를 뚫었다. 첫 터치와 동시에 이뤄진 동작이기에 퍼디난드는 민혁을 막지 못했고, 민혁은 그대로 골키퍼와 일대일 상황에 들어갔다.

—반 데 사르 나오지 못합니다. 하지만 슛 각도가 좁은 상황! 윤민혁 선수 골대로 좀 더 접근합니다!

—더 늦으면 안 돼요! 슛! 슛을 해야 합니다!

해설진이 말을 끝내는 순간, 막판까지 기다리던 반 데 사르가 몸을 날렸다. 여기서 접근을 더 허용했다간 반대편으로 패스가 이어질 가능성이 있기 때문이었다.

민혁은 숨을 삼키며 발끝으로 공을 찍어 올렸다. 이 타이밍을 노리고 준비했던 칩샷이었다.

그렇게 반 데 사르를 넘어간 공이 골망을 흔들자, 6만 관중들의 입에선 엄청난 환호가 터져 나왔다.

*　　　*　　　*

〈아스날, 2차전 4 대 3 승리에도 불구하고 결승전 진출 실패〉

[에미레이츠 스타디움에서 열린 아스날과 맨체스터 유나이티드의 준결승전은 라이벌 매치다운 화끈함이 느껴지는 경기였다.

로베르토 로세니 주심의 휘슬로 시작된 경기는 아스날의 선공으로 시작되었고, 호날두의 중거리 포로 촉발된 양 팀의 득점 경쟁은 후반전에 절정을 맞이했다.

박지석의 밀착마크에 막혀 있던 아스날의 윤민혁은 전반 30분부터 평소보다 많은 활동량을 보여 마크를 떨쳐내고 두 개의 골과 한 개의 어시스트를 기록했다.

여기에 가장 먼저 터진 반 페르시의 골을 포함해 2차전 4 대 2, 종합 득점 4 대 3으로 아스날이 결승에 진출할 것처럼 보였지만, 후반 추가시간에 터진 박지석의 골은 챔피언스리그 결승을 향한 아스날의 야망을 물거품으로 만들었다.

종합 득점 4 대 4로 동률을 이룬 두 팀은 원정골 다득점 우선순위 적용으로 인해 진출권 획득 여부가 갈렸고, 결국 웃은 쪽은 박지석의 맨체스터 유나이티드였다.

이로써 결승전에 진출한 맨체스터 유나이티드는, 27일 AS 로마의 홈구장인 스타디오 올림피코에서 FC 바르셀로나와 트로피를 놓고 결승전을 치르게 되었다.

득점자.

맨유: 크리스티아누 호날두(26, 65PK), 박지석(90+4)

아스날: 로빈 반 페르시(41), 윤민혁(62, 74), 세스크 파브레가스(83)

Man of the Match : 윤민혁.]

"후우……."

민혁은 기사를 보고는 한숨을 쉬었다. 벌써 일주일이나 지난 일이지만 아직도 아쉬움이 흘러넘쳤다.

"왜 그렇게 죽을상이야?"

"챔스요."

"아……."

돈 호우는 고개를 끄덕였다. 코치인 자신도 지금껏 아쉬움을 느끼는 일인데, 선수인 민혁은 어떨지 짐작이 갔기 때문이었다.

그것도 2차전을 승리로 이끈 수훈 갑이 아닌가.

"어쩔 수 없지. 박지석이 너무 잘했어."

"그 형은 왜 우리하고 할 때마다 골을 넣는 거예요?"

"네가 물어봐."

민혁은 미간을 좁히며 그를 보다 눈을 감았다. 생각하면 할수록 가슴이 답답해지는 느낌이었다.

'아, 빨리 잊어버려야지.'

민혁이 애써 스스로를 진정시킬 때, 돈 호우가 민혁의 어깨를 툭툭 치며 입을 열었다.

"그래도 넌 평점 9점이더라. 호날두보다 높아."

"필드골만 두 개를 넣었는데 그 정도는 나와야죠."

"전반에 그렇게 막히지만 않았으면 10점도 나왔을 텐데."

"음……."

민혁은 문득 반성해야겠다는 생각을 했다. 아무리 상대가 박지석이었다지만, 어제 전반처럼 아무것도 못 하고 막혀서는 말이 안 됐다.

반성을 끝낸 민혁이 다시 눈을 뜨자, 돈 호우는 지나가듯 질문을 던졌다.

"결승전은 누가 이길 것 같아?"

"바르셀로나요."

"왜?"

"지금 메시는 아무도 못 막아요."

거기까지 말하던 민혁은 바르셀로나에 있는 앙리의 모습을 떠올렸다.

챔피언스리그 우승하고 싶다고 이적하더니, 이번에 정말 우승을 하는구나 싶은 심정이었다.

'뭐… 원래 하는 거니까.'

민혁은 챔피언스리그 우승이 소원이던 앙리를 떠올리며 아쉬움을 눌렀다. 이왕 이렇게 된 거 앙리라도 소원을 풀었으면 하는 마음이었다.

"FA 컵이라도 우승해야겠죠?"

"현실적으로 그것밖에 안 남았지."

돈 호우는 고개를 끄덕였다. 리그는 맨체스터 유나이티드가 우승을 이미 예약하고 있었고, 2군 선수들을 주력으로 내보낸 칼링 컵은 4강에서 번리에게 탈락한 탓이었다.

그래도 FA 컵에서 결승에 진출한 건 그나마 다행이었다. 본래대로라면 첼시에게 2 대 1로 패배해 4강에서 멈췄을 FA 컵이었지만, 민혁이 개입하면서 4—2라는 스코어로 승리를 거두고 결승전에 오를 수 있었다.

상대는 모예스가 이끄는 에버튼이었다.

“남은 타이틀이 그것뿐이니까 FA 컵에 사활을 걸어야지. 감독님도 그렇게 얘기하고 계시고.”

“저 선발이겠죠?”

“당연히.”

어제 열린 첼시와의 리그 경기에서 승리를 따냄으로써, 아스날은 최악의 경우에도 리그 3위를 확보한 상태였다. 남은 경기를 모두 이기면 2위가 되고, 한 경기라도 지거나 비기면 3위가 되는 상황이었다.

다시 말해, 챔피언스리그 진출은 확정이 되었다는 이야기였다.

“FA 컵은 따야 아스날 체면이 서지.”

“그러네요.”

민혁은 우울함을 완전히 지워 버렸다. 리그 2위에 FA 컵 우승이라면 실패한 시즌은 아니었다.

“FA 컵은 반드시 따야겠어요.”

* * *

2008—09 챔피언스리그 우승컵은 바르셀로나의 차지가 되었다. 결승골을 넣은 건 사무엘 에투였지만, 실제로는 사비 에르난데스와 리오넬 메시가 지배했다고밖에 할 수 없는 일방적인 경기였다.

"부럽다……."

민혁과 파브레가스는 우승컵을 드는 앙리를 보며 부러움을 표출했다.

하지만 두 사람의 표정엔 미묘한 차이가 있었다. 민혁은 단순히 부러움만 표출했을 뿐이지만, 파브레가스의 눈엔 엄청난 아쉬움도 자리하고 있었다. 바르셀로나에 남아 있었다면 자신도 빅 이어를 드는 선수단 안에 들어 있었을 거라 생각하고 있는 것 같았다.

그로부터 사흘 후.

잉글랜드 축구의 성지 웸블리에서, 아스날과 에버튼의 FA 컵 결승전이 시작되었다.

골망이 흔들린 건 경기 시작 4분 만의 일이었다.

—아스날! 전반 4분 만에 선제골을 넣습니다!

민혁은 월콧과 하이 파이브를 선보였다. 공을 달고 들어가는 민혁에게 모든 수비수가 달라붙은 사이, 오프사이드트랩을 기웃거리던 월콧이 패스를 받아 트랩을 깨고 골을 넣은 것이다.

중계진은 월콧의 속도에 감탄했다. 과연 프리미어리그 최고의 스피드 스타라는 말이 나올 수밖에 없는 활약이었다.

―아스날의 테오 월콧, 정말 믿을 수 없는 스피드였습니다. 수비수와 동일 선상에서 출발했는데 골을 넣는 시점에선 거의 5m 가까이 벌어져 있었거든요.

―월콧 선수의 스피드도 놀랍지만, 윤민혁 선수의 패스도 아주 기가 막혔어요. 세 명을 달고 그대로 질주하다가 레스콧 선수의 다리 사이로 패스를 보내지 않았습니까? 그런데 그게 또 스핀을 먹어서 월콧 선수의 발에 정확히 닿았어요. 월콧 선수는 그냥 달리다가 골을 주워 먹은 겁니다.

중계진은 과장을 조금 보태 민혁을 띄웠다. 그만큼 패스가 좋았다는 이야기였다.

―그러고 보면 아스날엔 패스를 잘하는 선수가 참 많아요. 윤민혁 선수와 파브레가스 선수, 그리고 지금 부상 중인 로시츠키 선수도 패스에 일가견이 있는 선수들 아닙니까?

―그렇습니다. 패스 능력으로는 프리미어리그에서 최고로 꼽히는 선수들이죠. 그중에서 한 명을 꼽자면 아무래도 파브레가스 선수를 꼽게 되겠지만 윤민혁 선수도 전혀 뒤지지 않죠. 리그 마지막 경기에서는 리그 21호 어시스트를 성공시켜서 앙리와 파브레가스의 기록을 넘지 않았습니까?

—그렇습니다. 스토크 시티와의 38라운드 홈경기였죠.

며칠 전 열린 리그 마지막 라운드에서, 민혁은 두 개의 어시스트를 추가해 앙리와 파브레가스의 기록을 뛰어넘었다. 프리미어리그 출범 후 단일 시즌 최다 어시스트 기록이 갱신되는 순간이었다.

—지금 생각하면 정말 아쉽습니다. 윤민혁 선수가 이번 시즌 리그에서 16골 21어시스트거든요. 딱 네 골만 더 넣었으면 티에리 앙리의 20—20을 재현하는 건데 말입니다.

—사실 윤민혁 선수가 톱으로 나설 때도 있지만 주로 중앙 미드필더나 윙으로 나서지 않습니까? 그걸 생각하면 정말 엄청난 거예요. 2선에서 뛰면서 16골을 넣었다는 거죠.

—그렇습니다. 미들라이커로 불리는 첼시의 프랭크 램파드도 시즌 16골이 최고 득점 기록이거든요. 그 기록을 윤민혁 선수가 따라잡은 겁니다. PK도 없이요.

—램파드 선수는 그 시기에 발롱도르 2위에 올랐습니다. 윤민혁 선수에게도 기대를 걸어봐도 될 것 같네요.

중계진은 한참이나 김칫국을 들이마셨다.

하기야 리그에서의 활약만 보면 그런 말을 못 할 이유는 없었다. 비록 승점 4점 차이로 2위를 한 게 흠이라면 흠이었으나, 선수 개인의 활약에 있어선 발롱도르 수상자인 크리스티아누 호날두보다도 앞선다는 평가도 슬그머니 나오곤 했다.

득점은 호날두보다 조금 적지만, 대신 어시스트가 15개나 많았기 때문이었다.

중계진이 김칫국을 열심히 마시는 그 순간, 에버튼의 자기 엘카에게서 볼을 탈취한 깁스가 민혁에게 공을 밀어 주었다.

민혁은 공을 툭 쳐 앞으로 보내고 전력으로 질주했다. 에버튼 선수들도 민혁을 막으려 전력을 다했지만, 트레이닝의 결과 30m 단거리 질주에선 월콧 다음의 속도를 가지게 된 민혁을 잡기엔 역부족이었다.

—아스날 역습 들어갑니다. 윤민혁 선수 스피드로 돌파! 수비수 레이턴 베인스 달라붙습니다!

—아, 윤민혁 선수 속도가 좀 줄어듭니다. 저게 윤민혁 선수의 약점이에요. 보통 질주 구간에 들어서면 가속이 붙은 상태로 속도가 유지되는데, 윤민혁 선수는 남들보다 빨리 가속이 붙는 대신 속도가 빨리 줄어들거든요.

—윤민혁 선수 공을 끌지 않고 패스합니다. 반 페르시 공을 받아 다시 뒤로 돌립니다. 공은 파브레가스를 거쳐 에보우에, 다시 파브레가스, 다시 에보우에…….

역습 찬스를 놓친 아스날은 지공으로 들어갔다.

그 후의 진행은 다소 지루했다. 월콧과 민혁의 스피드에 놀란 에버튼이 좀처럼 앞으로 나오려 하지 않았던 탓이었다.

하지만 아스날로서는 나쁠 게 없었다. 전반 4분 만에 넣은 월콧의 득점으로 이기고 있었기 때문이었다.

그렇게 이어지던 경기가 후반으로 돌입하자, 초조해진 에버튼과 방심한 아스날의 합작품이 발생했다. 안이하게 이어지던 아스날의 패스가 에버튼의 수비에 끊기자, 에버튼의 아르테타가 이어진 패스를 받아 아스날의 측면을 돌파한 것이다.

—에버튼의 에이스 미켈 아르테타가 아스날의 좌측면을 파고듭니다! 키어런 깁스 뚫립니다!

—패스 중앙으로, 팀 케이힐, 케이힐…….

—디에고 로페스 선방! 아스날 위기를 넘깁니다!

아스날은 간신히 위기를 벗어났다. 하지만 코너킥을 내준 아스날은 피지컬이 좋은 빅터 아니체베와 졸리엔 레스콧의 압박에 또 한 번 골문을 위협받았고, 이번에도 로페스의 선방에 기대 간신히 실점을 막았다. 알무니아였다면 틀림없이 골을 허용했을 위기 상황이었다.

—아스날 위기 계속됩니다. 지금 아스날 선수들이 정신적으로 흔들렸어요.

—대부분 젊은 선수들이라 그럴 겁니다. 팀 내에 30살을 넘긴 선수가 거의 없죠.

—에버튼, 또 한 번 코너킥을 준비합니다. 키커는 아르테타. 선수들 몸싸움 치열합니다.

아르테타의 코너킥은 디에고 로페스의 펀치에 끊겼다.

공을 잡은 송은 전방에 있는 반 페르시를 바라보고 롱패스를 날렸다. 수비 라인을 한참 끌어 올렸던 에버튼은 사력을 다해 자신의 진영으로 돌아갔고, 최후방에 남아 있던 잭 로드웰과 필립 네빌은 반 페르시를 붙잡고 늘어지며 시간을 끌었다.

그들에게 붙잡힌 반 페르시의 시선이 월콧에게 향했다.

그는 뒤꿈치로 공을 차 월콧에게 보냈다. 놀랄 만큼 정확한 패스였지만 받는 놈이 문제였다. 질주에 신경을 쓰느라 공을 놓친 월콧은 뒤꿈치로 공을 받으려다 공을 그만 흘려 버렸고, 그걸 본 중계진은 이마를 짚으며 탄식을 흘렸다.

—아, 월콧…….

하지만 탄식은 길지 않았다. 전방으로 침투한 민혁이 월콧이 놓친 공을 잡아 질주하기 시작한 것이다.

민혁은 아직 복귀하지 못한 수비수들을 따돌리고 페널티박스로 들어가 골키퍼를 제쳤다. 프리미어리그에서 잔뼈가 굵은 하워드 골키퍼도 손을 쓸 수 없는 움직임이었다.

—아스날의 윤민혁! 격차를 2 대 0으로 벌립니다!

골을 넣은 민혁은 주먹을 불끈 쥐고 관중석을 보았다. 경기장의 70%가량을 채운 아스날 팬들은 민혁의 이름을 연호하며 함성을 질렀고, 민혁은 그들을 향해 손을 한 번 들어준 후 자리로 돌아갔다.

아스날은 그 2점을 지켜 컵 대회 우승을 차지했다.

시상대에 오른 아스날 선수들은 컵을 들어 올리며 환호성을 질렀다. 그래도 이번 시즌을 실패한 시즌으로 만들진 않았다는 안도감이 들어 있는 반응이었다.

파브레가스에게서 우승컵을 받아 들던 민혁은 그의 얼굴에서 미묘함을 발견하고 입을 열었다.

"왜 그래?"

"응?"

"우승했는데 표정이 묘하게 안 좋아서"

"그럴 리가."

파브레가스는 피식 웃고는 고개를 돌려 두 손을 번쩍 들었다. 우승의 기쁨을 한껏 보이려는 듯한 행동이었다.

하지만, 파브레가스의 얼굴엔 아직도 아쉬움이 남아 있었다.

# 5

# 파브레가스에겐 바르셀로나의 DNA가 흐르고 있다

〈바르셀로나 보드진, 흘렙과 파브레가스의 교환을 타진. 아스날 일축〉

[스페인 라리가의 바르셀로나가 아스날의 주장 파브레가스의 영입을 위해 알렉산더 흘렙의 이적을 제안했다는 소식이 전해졌다.

바르셀로나의 치키 베히리스타인 단장은 카탈루냐의 지역 언론 스포르트와의 인터뷰에서 파브레가스의 영입을 위해 노력하고 있으며, 지난 5월 아스날에 알렉산더 흘렙에 700만 유로를 더한 제의를 보냈지만 아스날의 거부로 이적이 성사되지 않았다고 밝혔다.

지난 시즌 챔피언스리그와 라리가, 코파 델 레이 등을 모두 차지한 바르셀로나는 세스크 파브레가스가 사비 에르난데스의 장기적인 대체자가 될 거라고 생각하고 있으며, 파브레가스 영입을 위해 모든 노력을 기울이겠지만 4,000만 유로에 달하는 파브레가스의 몸값은 너무 비싸다는 태도를 고수하고 있다.

현재 가장 유력하게 논의되는 방안은 선수의 스왑 딜이 포함된 계약이며…….」

민혁은 훈련장 벤치에 놓인 신문을 읽다 어이가 없다는 표정을 지었다. 아스날을 떠날 때의 흘렙이면 모를까, 바르셀로나에서 완전히 망해 버린 흘렙에 700만 유로를 더해 파브레가스를 데려가겠다는 제안은 도둑놈이나 할 법한 이야기였다.

하기야 바르셀로나 측에서는 억울할 터였다. 어쨌거나 그는 바르셀로나 유스 출신이었고, 그것도 그 희귀하다는 카탈루냐 출신의 월드 클래스였다. 비록 자신들이 파브레가스를 홀대해 떠나게 한 건 사실이나, 아스날이 접근하지 않았더라면 파브레가스가 바르셀로나에 남았을 가능성도 없지는 않았다.

차후에 1군 선수들의 이적료에 버금가는 금액으로 합의를 했다지만, 세스크 파브레가스라는 선수의 현재 가치엔 한참 미치지 못한 금액이었다.

바르셀로나 입장에서는 팀의 상징이 될 수 있는 선수를 헐

값에 빼앗긴 기분이 들었을 테니, 그를 되찾는 데 거액을 쓰고 싶지 않은 것도 당연하리라.

하지만 아스날이 그들의 주장을 수용할 이유는 없지 않은가.

"뭘 그렇게 봐?"

"신문 보죠. 바르셀로나에서 또 세스크 가지고 언플 하네요."

로시츠키의 질문을 받은 민혁은 고개를 저으며 말했다. 원래부터 파브레가스를 탐내던 바르셀로나였지만, 지난 시즌 말부터 부쩍 더 심해진 느낌이었다.

특히 지난 7월 말, 바르셀로나의 라포르타 회장은 카데나 코페와의 인터뷰에서 희대의 개드립을 날렸다. '세스크 파브레가스는 바르셀로나의 DNA를 지닌 선수다. 우리는 그가 바르셀로나를 위해 뛰고 싶어 한다는 사실을 안다'라는 두 마디의 문장이었다.

그런 내용이 기사를 타자, 파브레가스는 즉각적으로 이적설을 부인했다. 최소한 계약기간 동안은 아스날을 떠나지 않겠다는 의사를 밝힌 것이다.

하지만 바르셀로나의 언론플레이가 줄어들기는커녕, 시간이 갈수록 점점 더 심해지는 느낌이었다.

로시츠키는 민혁이 내던진 신문을 잠시 보다 입을 열었다.

"남 이야기 할 때가 아니야."

"네?"

"이거 보라고."

그는 그 옆에서 뒹굴던 다른 신문을 건넸다.

〈레알 마드리드, 윤의 이적료로 6,500만 유로를 책정.〉

[스페인의 레알 마드리드가 아스날의 윤을 노리고 있다는 이야기가 흘러나왔다.

이번 시즌을 앞두고, 레알 마드리드는 9,400만 유로로 크리스티아누 호날두를, 그리고 6,700만 유로의 이적료로 히카르도 카카를 영입했다. 여기에 아스날의 키플레이어인 윤을 6,500만 유로에 영입한다면 이 세 사람의 이적료만으로 2억 2천만 유로를 넘기게 된다.

레알 마드리드의 회장 플로렌티노 페레스는 마르카와의 인터뷰에서 '우리의 계획은 99%가 이루어졌다. 마지막 1%를 채우기 위해선 아스날의 윤을 영입해야 하며, 레알은 그것을 위해 노력을 아끼지 않을 것이다'라는 입장을 밝혔다.

만약 윤의 이적이 이루어진다면 프리메라리가는…….]

"벤제마나 사라고 해요."

민혁은 받아 들었던 신문을 던지며 투덜거렸다. 호날두에겐 9,400만 유로나 쓴 레알이 어째서 자신에겐 6,500만 유로라는 금액을 책정했나 하는 불만도 있었다.

"지난 시즌만 보면 제가 호날두보다 못할 게 없잖아요."

"호날두는 발롱도르가 있잖아. 거기다 지지난 시즌 호날두는 지난 시즌 너보다 좀 더 잘했고."

민혁은 못마땅한 표정을 지으면서도 그 평가에 수긍했다.

지난 시즌의 자신이 리그에서만 16골 21어시스트를 기록하긴 했지만, 그 전 시즌의 호날두는 리그에서만 32개의 골과 6개의 어시스트를 기록한 데다 챔피언스리그에서도 8개의 골을 넣어 맨유에 빅 이어를 선사했으니까.

어시스트보다는 골을 더 쳐주는 축구계의 흐름을 생각해 보면, 레알이 책정한 금액도 아주 납득을 하지 못할 문제는 아니었다.

당장 2007 발롱도르 수상자인 카카도 6,700만 유로로 이적하지 않았느냔 말이다.

"아, 몰라요. 어쨌든 안 갈 거니까 신경 안 쓸래요."

"진짜 안 가는 거지?"

"네."

민혁은 단호했다. 자신이 회귀하기 전의 희망 없는 아스날이면 모를까, 지금의 아스날은 충분한 가능성이 보이는 클럽이었다. 굳이 레알로 이적해 크리스티아누 호날두에게 어시스트를 조공하는 신세가 될 이유가 없는 것이다.

'우리도 수비만 좀 보강하면 충분하니까.'

거기까지 생각한 민혁은 로시츠키를 바라보았다. 그가 재활 막바지에 들어섰다는 걸 알기 때문이었다.

"몸은 좀 어때요?"

"괜찮아."

로시츠키는 웃었다. 적어도 개막전엔 뛸 수 있을 거라는 표정이었다.

민혁은 속으로 탄식을 흘렸다. 아직도 그가 유리 몸을 벗어나지 못한 것이 안타까울 뿐이었다.

그래도 원래보단 훨씬 나았다. 볼파르트 박사 등을 만나 적절한 치료를 한 덕에, 적어도 한 시즌을 통으로 날리는 일은 없게 됐으니 말이다.

그와 헤어져 훈련장을 나온 민혁은 집으로 향했고, 집 근처 골목에서 웬 기자의 습격을 받았다.

"안녕하세요. 데일리 메일의 로버트 햄스워스입니다. 윤민혁 선수 되시죠?"

"…어디요?"

민혁은 미간을 좁혔다. 데일리 메일이라면 영국 왕실과 관련된 뉴스를 빼고는 더 선이나 마찬가지라는 수준의 신문사가 아닌가.

"잉글랜드 정론지 데일리 메일입니다."

민혁은 하마터면 미쳤냐는 이야기를 꺼낼 뻔했다. 잉글랜드 사람 그 누구도 데일리 메일을 정론지로 여기고 있지 않다는 게 일반적인 인식인지라, 너무도 밝은 표정으로 말하는 햄스워스의 모습에 경악이 느껴질 지경이었다.

간신히 정신을 수습한 민혁은 어색하게 웃으며 입을 열었다.

"인터뷰 요청이면 구단을 통해서 메일로 해주세요."

"딱 10분이면 됩니다. 더는 귀찮게 안 하겠습니다."

"지금도 충분히 귀찮은데요……."

햄스워스는 약간 당황한 표정을 지었다. 하지만 그는 금세 당황을 지워내곤 밝은 목소리로 말을 이었다.

"제가 아니었다면 엄청나게 귀찮으셨겠죠."

"네?"

"원래 여기 여덟 명이 있었어야 합니다. 그런데 제가 다른 곳으로 다 보내 버렸죠."

"어떻게요?"

"아스날에 정식으로 오퍼가 들어갔다는 헛소문을 심어줬거든요. 지금 다들 아스날 사무실로 몰려갔을 겁니다."

민혁은 할 말을 잃은 채 그를 보았다. 이래 놓고 무슨 정론지란 말인가.

"아무튼 딱 10분… 아니, 5분만 내주시면 귀찮게 안 하겠습니다."

"…빨리 끝내죠."

햄스워스는 웃으며 수첩을 꺼냈다. 노트북이 슬슬 대중화되는 시기인데도 수첩을 꺼낸 걸 보니 인터뷰가 길어지진 않을 모양이었다.

민혁이 안도할 때, 그는 재빨리 입을 열었다.

"아스날에서 주는 주급이 실력에 비해 낮다는 이야기가 있는데, 아스날에 만족하십니까?"

"별로 낮다고는 생각 안 하는데요. 슬슬 재계약을 할 시기도 됐고요."

"그래도 레알로 가면 지금보다 두 배 이상 받을 수 있지 않나요? 호날두 선수도 맨유에서 12만 파운드를 받다가 레알에서 24만 파운드를 받는 걸로 밝혀졌는데요. 게다가 베컴법 때문에 스페인 세금이 훨씬 더 낮고요."

민혁은 쓴웃음을 물었다. 바로 그 스페인이 나중에 무슨 짓을 하는지 잘 아는 까닭이었다.

'나폴리가 마라도나한테 했던 짓이랑 다를 게 없었지.'

민혁은 문득 아직도 음해에 시달리고 있는 마라도나를 떠올렸다.

선수 시절 세금을 제대로 납부하지 않았다며 나폴리 세무당국에 고발을 당하고 반지와 귀걸이까지 압류를 당한 마라도나였지만, 2014년 말에 나온 대법원 판결은 마라도나가 무고함을 밝혀주었다. 오히려 나폴리 세무 당국이 마라도나에게 위자료를 지급해야 하는 상황이 된 것이다.

물론 나폴리 세무 당국은 악명 높은 이탈리아 관공서답게 모르쇠로 일관했지만 말이다.

잠깐 회귀 전의 기억을 떠올렸던 민혁은 햄스워스의 시선을 느끼곤 입을 열었다.

"주급 좀 더 받는 게 목표였으면 몇 년 전에 첼시로 갔죠. 거기서 12만 준다고 했었는데요?"

"그랬나요?"

"네."

"12만이면 지금 받으시는 것보다 두 배는 높은 금액인 것 같은데……."

질문을 받은 민혁은 어깨만 으쓱했다. 굳이 주급에 연연할 필요는 없어진 자신이기 때문이었다.

몇 군데 투자를 해놓은 곳도 성공적인 결과를 가져왔지만, 가장 큰 성공은 플라미니가 세운 GF Chemical의 투자금 700만 달러였다.

아직 기업 공개(IPO)가 이루어지지 않은 곳이라 지금 당장 현금화를 할 수는 없어도, 기업 가치만 46조 원으로 평가받을 기업의 지분을 7.8%나 가지고 있으니 굳이 주급을 더 받아내려 아등바등할 필요가 없다는 뜻이었다.

'최소 3조 원이 들려 있는데, 주급 좀 더 받겠다고 이적할 이유가 없지.'

민혁은 초롱초롱한 눈으로 자신을 보는 햄스워스를 향해 단호히 말했다.

"돈 때문에 이적하는 일은 없을 겁니다."

"돈이 아닌 이유로는 가능하단 이야긴가요?"

"우승이 불가능해지거나 감독님이 바뀌면 할 수도 있겠죠. 하지만 지금 아스날은 강하고, 감독님도 오랫동안 아스날에 계실 테니 굳이 이적을 할 이유는 없어요."

"파브레가스 선수도 같은 심정인가요?"

"그거야 걔한테 물어봐야죠."

일단 그렇게 말은 했지만, 민혁은 파브레가스도 아스날을 떠나지 않을 거라고 생각했다. 자신이 회귀하기 전엔 2011년 무렵에 바르셀로나로 이적을 했지만, 지금의 아스날은 그때와 달리 우승컵을 들어 올리는 팀으로 남아 있었다.

그래도 한 가지 불안한 요소는 있었다. 그때의 파브레가스와 지금의 파브레가스가 아스날에서 차지하는 비중이 달랐고, 그에 따라 아스날이 파브레가스를 대하는 입장도 조금은 달라져 있었다.

파브레가스를 절대 팔지 않겠다는 입장을 고수하고 있는 건 같지만, 지금의 아스날은 파브레가스가 알파와 오메가였던 회귀 전의 아스날이 아니었다. 민혁이란 존재가 그 이상의 존재감을 드러내고 있기 때문이었다.

만약 바르셀로나가 납득할 만한 오퍼를 내기만 하면, 그리고 파브레가스가 챔피언스리그 우승에 욕심을 내면 이적도 가능하지 않을까.

'…챔피언스리그도 우승해야지.'

민혁은 문득 빅 이어에 대한 갈망을 느꼈다. 2005—06 시즌에 우승을 놓쳤을 땐 아깝다는 느낌이 갈망보다 컸지만, 이제 아스날의 핵심으로 성장하고 프로로서의 경험이 쌓이자 멀게만 느껴졌던 빅 이어에 손이 닿을 것 같은 느낌도 들었다.

지난 시즌 막판, 박지석에게 골을 얻어맞지만 않았다면 빅 이어에 도전해 볼 수 있었던 것도 그런 느낌을 주는 원인이었다.

잠깐 그러고 있던 민혁은 고개를 들고 입을 열었다.

"5분 넘었죠?"

"네? 아… 네, 그렇네요."

"안녕히 가세요."

햄스워스는 당황하다 고개를 떨구고 몸을 돌렸다. 그래도 다른 기자들처럼 질척대지 않아서 다행이었다.

멀어지는 그를 보며, 민혁은 곰곰이 생각에 잠겼다.

* * *

2009—10 시즌이 개막하기 직전. 아스날의 주축 두 명이 맨체스터 시티로 떠나 버렸다. 공격진의 핵심인 아데바요르와 수비진의 핵심인 투레의 이적이었다.

그래도 공격진은 걱정이 덜했다. 오래전 부상당했던 에두아르도 다 실바가 복귀했고, 원래대로였다면 병원을 전전해야 했을 로빈 반 페르시도 상당히 건강해진 상태였다. 식습관 개선과 요가를 통해 얻어낸 효과였다.

하지만 수비진의 누수는 심각해 보였다. 수비진의 핵심인 투레가 이적하고 센데로스가 에버튼으로 임대를 가면서, 이제 아스날의 센터백은 언제 떠날지 모르는 갈라스를 제외하면 베르마엘렌과 주루, 그리고 미나기타와 유스에서 올라온 선수들로 채워졌기 때문이었다.

수비진 붕괴에 걱정이 된 민혁은 벵거를 찾아갔고, 벵거는 담담한 표정으로 자신의 생각을 밝혔다.

"500만 파운드 정도로 영입할 수 있는 선수를 찾고 있는데, 마땅한 매물이 보이지 않는구나."

"…가성비 진짜 좋아하시네요."

민혁은 혀를 내둘렀다. 구장 신축비와 그 이자 부담이 크다는 건 알지만, 그래도 돈을 써야 할 땐 좀 쓰는 게 맞지 않나 싶은 심정이었다.

'하긴, 이래야 감독님이지.'

과연 벵거라는 생각을 마무리한 민혁은 그 금액에 살 수 있을 만한 선수를 떠올려 보았다.

"몇 년 전에 말씀드렸던 고딘은 어때요?"

민혁은 기억을 더듬어 말했다. 머릿속에선 고딘이 아틀레티코 마드리드로 이적할 때의 몸값이 생각보다 쌌다는 기억이 떠오르고 있었다.

그래도 벵거가 원하는 금액보다는 조금 더 써야겠지만, 자타 공인 월드 클래스가 되는 고딘을 영입할 수만 있다면 남는 장사였다.

"디에고 고딘?"

"네."

벵거는 고개를 끄덕였다. 아직도 정체를 모르는 그 스카우터가 추천한 선수라면 퀄리티는 의심하지 않아도 된다고 생각하는 그였고, 때문에 금액만 맞다면 영입을 추진해 볼 의사가 있었다.

사실 지난번에도 고딘의 영입을 추진하긴 했었다. 하지만 고딘이 고향인 우루과이와 언어가 같은 스페인을 선호해 비야레알에게 빼앗긴 상황이었는데, 비야레알이 챔피언스리그 진출에 실패한 지금이라면 그를 데려올 가능성이 없진 않았다.

고딘의 이름을 몇 번 되뇌던 벵거는 다시 민혁에게 질문을 던졌다.

"이왕 온 김에 하나 더 물어보고 싶구나."

"네?"

"아데바요르의 공백은 누구로 채우면 되는지 들은 게 있나?"

"반 페르시 있잖아요."

"…언제 쓰러질지 모르니까 하는 말이다."

민혁은 쓴웃음을 물었다. 최근 많이 건강해지긴 했지만, 지난 시즌까지도 심심찮게 드러누웠던 반 페르시라 아직 안심이 되지 않는 모양이었다.

벵거는 계속해서 말을 이었다.

"에두아르도가 돌아오긴 했지만 아무래도 예전만은 못하니, 충분한 백업 정도는 있어야지."

"감독님이 보는 사람들도 있을 거 아니에요."

"영입이 가능한 자원들 중에선 벤트너보다 나은 선수가 없구나."

민혁은 혀를 내둘렀다. 돈을 쓰지 않겠다는 말을 정말 특이하게 하는구나 싶어서였다.

"들은 적 없나?"

"잠깐만요."

민혁은 기억을 더듬은 끝에 한 명의 이름을 입 밖에 내었다.

"작년쯤에 수아레스를 생각해 보라고 말씀드렸던 것 같은데……."

벵거는 미간을 좁혔다. 접촉은 해봤지만 너무 비쌌다고 말하는 것 같은 표정이었다.

그것을 읽은 민혁은 어깨를 으쓱한 후 다른 사람의 이름을 대었다.

"베일은 어때요?"

"가레스 베일?"

"네."

벵거는 묘한 표정을 지었다. 사실 월콧을 데려올 때 베일도 데려오려 했던 벵거였지만, 사우스햄튼의 강력한 거부로 인해 월콧만 데려온 그였기 때문이었다.

하지만 그땐 그때고 지금은 지금이었다. 토트넘 팬들조차도 방출을 요구할 정도로 망가져 버린 선수를 굳이 영입하고 싶은 생각은 없었던 것이다.

현재, 토트넘은 베일을 방출 명단에 올려놓고 있었다. 2007년 5월에 500만 파운드를 지급하고 데려온 선수를 고작 70만 파운드에 팔아치우려고 여기저기 접촉하고 있던 시기였는데, 훗날 베일이 1억 유로에 레알로 이적함을 생각하면 토트넘으로서는 정말 아찔했던 순간이었다.

"베일은 지금 부상일 텐데? 게다가 베일은……."

"베일은 호날두처럼 왼쪽 인사이드 포워드나 톱으로 뛰는 게 맞아요. 지금은 포지션을 잘못 잡아서 못하는 것처럼 보이는 거고요. 자리를 옮기기만 해도 제 실력은 충분히 보여줄 거라고 했어요."

"그 스카우터가?"

"네."

벵거는 오른손에 턱을 괴고 생각에 잠겼다. 베일의 스피드를 생각하면 충분히 할 수 있는 생각이었다.

하지만 문제는 하나 더 있었다.

"방출 명단에 있는 선수라고 해도 우리에겐 팔지 않으려고 할 텐데."

벵거의 지적엔 일리가 있었다. 아무리 방출 명단에 오른 선수라도 라이벌 구단으로 이적시키는 건 꺼려지는 일이었고, 영입을 원하는 사람이 아스날의 벵거라면 방출 명단에서 아예 빼낼 가능성도 있었다. 벵거의 눈에 들었다는 건 엄청난 잠재력이 있다는 이야기로 받아들여지는 시기였기 때문이었다.

"그거야 감독님이 알아서 하셔야죠."

"그렇긴 하구나."

벵거는 고개를 끄덕였다. 하기야 일개 선수인 민혁이 할 수 있는 건 추천에 지나지 않았다. 그 선수의 영입을 고려하고 실행에 나서야 할 건 자신을 포함한 보드진이라는 이야기였다.

"둘 다 진지하게 고려해 보마."

벵거는 나가도 좋다는 신호를 보냈다. 아마도 선수 영입과 관련해 생각을 할 게 많아진 모양이었다.

긍정적인 반응에 만족한 민혁은 훈련장으로 향했고, 민혁이 벵거를 만난 걸 알게 된 파브레가스가 민혁에게 다가와 입을 열었다. 민혁이 재계약 시즌에 돌입했다는 걸 알기에 불안함을 느끼고 있는 것 같았다.

"윤, 감독님이랑 무슨 이야길 한 거야?"

"이적 이야기."

"이적? 어디 가려고?"

"아니, 추천할 만한 선수 있으면 알려달라고 하셔서."

민혁은 벵거와 나눴던 이야기를 다시 한번 떠올리며 희망을 가졌다.

아직 유망주인 베일은 몰라도, 현재도 비야레알의 주전인 디에고 고딘이 영입된다면 아스날도 진지하게 챔피언스리그 우승을 노려볼 만한 전력이 됐다.

백업이 좀 많이 부실하다는 문제는 있어도, 베스트 11만은 무패 우승을 이뤄냈던 2003—04 시즌과 비교해도 크게 떨어지지 않는 전력이기 때문이었다.

거기까지 생각하던 민혁은 파브레가스의 표정을 슬쩍 보고는 입을 열었다.

"왜? 이적하고 싶어?"

"약간?"

파브레가스는 웃으며 민혁에게 공을 보냈다. 아스날에 불만이 있는 건 아니지만, 그래도 자신의 고향 팀인 데다 세계 최고의 팀으로 꼽히는 바르셀로나에 마음이 없지는 않다는 모습이었다.

패스를 다시 돌려준 민혁은 문득 떠오른 생각에 파브레가스의 훈련 장면을 살펴보았다.

파브레가스의 볼 터치는 아스날에 처음 올 때보다 많이 나빠져 있었다.

처음 아스날에 왔을 땐 민혁과 비교해도 그리 떨어지지 않는 수준의 볼 터치를 자랑하던 파브레가스였으나, 프리미어리그의 강한 압박과 몸싸움에 적응하기 위해 간결한 터치 위주로 스타일을 바꾸며 생긴 변화였다.

민혁과 같은 수준의 탈압박 능력이 있었다면 스타일을 바꾸지 않아도 됐겠지만, 아무래도 스피드가 많이 떨어지는 선수라 탈압박 능력을 키우는 데 한계가 있었기 때문인 것 같았다.

'하긴, 나도 저렇게 될 뻔했지.'

민혁은 1군에 올라오기 직전에 들었던 베르캄프의 조언을 떠올려 보았다. 그때 베르캄프가 민혁에게 권했던 스타일이 파브레가스의 스타일이었는데, 민혁은 오히려 드리블과 탈압박 능력을 강화해 정면으로 돌파하는 방향을 택해 지금에 이르렀다.

물론 베르캄프로서는 민혁을 생각해서 해준 조언이었지만 말이다.

거기에 생각이 미친 민혁은 파브레가스를 바라보며 입을 열었다.

"지금 바르셀로나로 돌아가면 후회할걸."

"왜?"

"너 바르셀로나 플레이에 적응하기 힘들 거야."

"나 라 마시아 출신이거든?"

파브레가스는 어이가 없다는 반응을 보였다. 자신이 가장 자신 있는 축구가 바르셀로나의 축구라고 말하는 듯한 표정이었다.

민혁은 볼 터치에 대해 이야기를 해주려다 입을 닫았다. 괜히 자존심만 건드리게 되는 것 같기도 했거니와, 무리하게 볼 터치에 신경을 쓰다가 부상을 당할 위험도 있다는 판단이 들어서였다.

그래서 그는 화제를 살짝 바꿨다.

"이번 시즌엔 어떨 것 같아?"

"뭐가?"

"우리."

파브레가스는 무슨 소린지 못 알아듣겠다는 표정을 짓다, 잠깐 더 생각을 하고서야 질문을 이해하고 입을 열었다.

"누가 오느냐가 문제겠지. 아데바요르야 로빈이 대체한다고 해도……."

"역시 수비가 문제지?"

"응."

민혁과 파브레가스는 비슷한 표정으로 미간을 좁혔다. 수비진의 퀄리티도 퀄리티지만 뎁스가 너무 얇은 것도 문제였다.

그래도 벵거와 이야기를 나눈 민혁은 어느 정도 안심을 하고 있었지만, 그 내용을 모르는 파브레가스로서는 불안이 좀 더 짙을 터였다.

"갈라스가 남아야 할 텐데."

"아직도 기분 별로 안 좋은 것 같았지?"

갈라스는 주장직을 박탈당하며 느낀 불쾌감을 아직 풀지 못하고 있었다. 지금도 이적을 할 구단을 물색하고 있다는 이야기가 심심찮게 나올 정도였다.

벵거는 그를 보내지 않으려 할 터였지만, 갈라스가 태업이라도 한다면 손해를 보는 건 아스날이었다.

그로부터 얼마 후.

아스날엔 두 가지의 좋은 소식과 한 가지의 나쁜 소식이 전해졌다.

좋은 소식은 윌리엄 갈라스가 이번 시즌까지 아스날에 남는다는 이야기와 가레스 베일의 영입이었다.

윌리엄 갈라스는 계약기간을 다 채우고 FA(Free Agent)로 나가겠다는 뜻을 밝혔고, 벵거는 이적료를 챙길 기회를 포기하고서도 갈라스의 선택에 동의해 주었다. 얼마 안 될 이적료보다는 당장의 수비진 붕괴를 막는 게 급하다는 판단이었다.

가레스 베일은 300만 파운드의 이적료로 아스날에 입성했다. 처음엔 벵거가 제안을 했다는 사실에 멈칫했던 토트넘이었으나, 방출 명단에 오른 데다 두 달짜리 부상에 신음하고 있는 선수를 팔 수 있다는 생각에 눈이 먼 모양이었다.

비록 찰튼에 제의했던 70만 파운드보다는 훨씬 높은 금액이었으나, 이로써 아스날은 월드 클래스가 될 선수 한 명을 더 챙길 수 있었다.

나쁜 소식은 고딘의 영입 불발이었다.

고딘은 챔피언스리그 진출 무산에도 불구하고 비야레알에 남겠다는 뜻을 밝혔다. 지난 시즌 겨우 2점 차이로 5위를 마크했으니, 이번 시즌 활약에 따라서는 다시 챔스 복귀가 가능할 거라고 믿는 것 같았다.

'비야레알 이번 시즌에 완전히 망할 텐데.'

민혁은 쓴웃음을 물었다. 2009-10 시즌의 비야레알은 훗날 바르셀로나의 감독이 되는 에르네스토 발베르데의 무전술 축구에 의해 강등을 걱정해야 하는 처지까지 몰리게 되는 걸 알기 때문이었다.

그래도 중간에 감독을 교체한 덕분에 유로파 진출에는 성공하게 되지만, 고딘이 원하던 그림은 아닐 터였다.

그렇다면, 겨울 이적 시장에서 벵거에게 다시 고딘의 영입을 권하면 되는 게 아닐까.

민혁이 그런 생각을 하며 훈련에 매진하는 사이, 2009-10 시즌이 개막하는 날이 되었다.

*　　*　　*

개막 전에 했던 걱정과 달리, 갈라스가 떠나지 않은 아스날은 안정적인 수비를 보이고 있었다.

아스날은 시즌 초반 세 경기에서 두 개의 실점만을 기록했다. 에버튼의 루이 사하와 맨체스터 유나이티드의 웨인 루니에게 각각 한 골씩을 내준 것이다.

반면 득점은 15개였다. 에버튼과의 경기에선 무려 7개의 골을, 그리고 포츠머스와 맨체스터 유나이티드와의 경기에서는 각각 5개와 3개의 골을 넣었다. 그야말로 미친 득점력이라고 밖에 할 수 없는 성과였다.

"잘했다."

벵거는 승리를 이끌어낸 선수들을 치하했다. 반면 퍼거슨은 씹던 껌을 꿀꺽 삼켜 버린 채 주먹을 부르르 떨었다. 지난 챔피언스리그 결승전에서 보였던 것과 똑같은 모습이었다.

'호날두만 있었어도…….'

퍼거슨은 고개를 홱 돌려 아스날 선수들을, 그중에서도 민혁과 반 페르시를 노려보았다. 하지만 분노보다는 탐욕이 훨씬 더 커 보이는 시선이었다.

경기 후의 인터뷰를 반 페르시에게 맡긴 민혁은 샤워를 끝낸 후 올드 트래포드 내에 있는 매점으로 향했다. 무려 11㎞나 뛰어서인지 당분이 급격히 당겨오는 느낌이었다.

매점에서 초코바를 사고 몸을 돌리던 민혁은 갑자기 튀어나온 사람에 놀라 한 걸음 물러났다.

"안녕하세요."

민혁은 자신에게 말을 건 상대를 알아보곤 미묘한 표정을 지었다. 데일리 메일의 햄스워스 기자였다.

"저 아시죠?"

"데일리 메일의 햄스워스 기자님?"

"맞습니다."

햄스워스는 밝게 웃으며 수첩을 꺼냈다. 민혁이 타깃인 모양이었다.

민혁은 묘한 시선으로 그를 보며 입을 열었다.

"오늘 MOM은 반 페르시 아니에요?"

"아, 그쪽엔 선배님이 들어가 계시고요. 저는 윤민혁 선수에게 인터뷰를 따는 게 목적입니다."

"왜요?"

"다음 경기 때문이죠."

답변을 들은 민혁은 고개를 갸웃했다. 다음 경기에 대한 이야기도 경기 후 인터뷰를 할 때 꺼내는 게 보통이기 때문이었다.

"다음 경기 인터뷰도 거기서 할 텐데요?"

"뭐… 인터뷰야 다양하게 따는 게 좋잖습니까. 선배님은 벵거 감독님과 반 페르시 선수에게 따내는 거고, 저는 여기서 이렇게 따고 그러는 거죠."

햄스워스는 넉살 좋게 웃으며 말을 이었다.

"이번에도 5분만 뺏겠습니다."

"아, 네……."

민혁은 초코바 껍질을 까서 한입 베어 물고는 고개를 끄덕였다. 지난번에 정말로 5분만 빼앗은 햄스워스라면 거짓말은 아닐 터였다.

햄스워스는 윗옷 주머니에 꽂아두었던 펜을 뽑아 손에 들고 입을 열었다.

"간단하게 몇 가지만 여쭤보겠습니다. 다음 경기가 맨체스터 시티잖아요?"

"네."

"거기엔 이번 시즌에 이적한 엠마누엘 아데바요르 선수가 있는데요. 아스날 팬들이 아데바요르 선수에게 가지는 불만이 어마어마하잖습니까? 이에 대해 어떻게 생각하시죠?"

"이적한 선수에 대한 불만이야 언제든 있는 거죠."

햄스워스는 손가락을 좌우로 까닥거렸다. 그 이상이란 의미의 제스처였다.

"아데바요르 선수는 고액의 주급을 요구하다 결렬되니까 맨체스터 시티로 간 거잖습니까. 아스날 팬들로서는 첼시로 이적한 애슐리 콜의 전례가 생각나서 더욱더 분노하고 있는 거고요."

"…그렇긴 하죠."

민혁은 그것까진 부정하지 못했다. 애지중지 길러 월클로 만든 유스가 돈을 보고 튀어버린 경험을 가진 아스날 팬들이기에, 이번 아데바요르의 이적으로 트라우마가 되살아나 더욱 분노한 것도 사실이었다.

햄스워스는 은근한 기대를 담고 민혁에게 물었다.

"아스날 선수단은 어떻죠? 그들도 화를 내나요?"

"그걸 왜 저한테 물으시죠?"

"아스날에서 아데바요르 선수와 꽤 친하셨다고 들었거든요. 친했던 만큼 더 배신감을 느끼거나 하시진 않나요?"

민혁은 어깨를 으쓱했다. 아무래도 나이가 같으니만큼 이야기를 꽤 나누긴 했지만 아주 친하다고 하기는 어려운 사이였다. 아데바요르가 영어에 익숙하지 않고 민혁이 프랑스어를 잘 모르던 초반엔 대화도 하지 못해 데면데면했었기 때문이었다.

하지만 그걸 굳이 밝힐 이유는 없는 일.

민혁은 질문할 게 있으면 해보라는 시선으로 햄스워스를 응시했고, 햄스워스는 그걸 조금 전 질문의 긍정으로 이해하고 말을 이었다.

"아무튼 아스날 팬들은 아데바요르를 배신자라고 여기고 있는데, 아스날 선수들도 같은 심정인가요?"

"그거야 모르죠. 하지만 전 아닙니다."

"아니라고요?"

"아데바요르도 다 사정이 있거든요."

햄스워스는 민혁을 빤히 보았다. 그 사정이 무엇인지 묻는 듯한 시선이었다.

"돈을 보고 맨체스터 시티로 간 건 맞다고 봐요. 하지만 아프리카 선수들이 돈을 보고 이적하는 건 비난할 거리는 아니라고 보는 게, 가족은 물론이고 친척들까지 매번 돈을 보내라고 닦달을 해대니 어쩔 수 없겠죠."

"모든 아프리카 선수들이 그런 건 아니지 않나요?"

"그건 모르겠는데, 아데바요르는 아마 그 케이스일 거예요. 예전에 통화하는 걸 멀리서 들은 적도 있고요."

민혁은 자세한 사정은 말하지 않았다. 그 부분은 아데바요르가 직접 밝혀야 하는 부분이라고 생각했기 때문이었다.

"통화 내용은요?"

"그건 개인 프라이버시죠. 저도 좀 멀리서 들어서 자세히는 모르고요. 궁금하시면 아데바요르에게 직접 물어보세요."

"알겠습니다. 이 인터뷰를 끝내고 가서 물어보죠. 그런데 말입니다."

"네."

"아데바요르 선수가 그런 케이스라고 해도 꼭 이적을 할 필요는 없었을 텐데요. 혼자서 일가친척을 다 먹여 살릴 이유가 없잖습니까."

그런 질문이 나올 거라고 생각했던 민혁은 어깨를 으쓱하곤 담담히 말했다.

"유럽이랑 아프리카는 다르니까요. 유럽이야 개인주의가 정착된 곳이고, 아프리카는 아직도 부족 개념으로 사회가 돌아가는 곳이잖아요. 거기선 가장이 부족 전체를 먹여 살리는 걸 당연하게 여기는 분위기니까 어쩔 수 없죠."

햄스워스는 아무래도 납득하기 힘들다는 표정을 지었다. 영국에서 태어나 평생을 자란 사람으로서는 납득하기 힘든 이야기 같았다.

거기에 의문을 느낀 햄스워스가 다시 입을 열려 하자, 민혁은 시계를 가리키며 단호히 말했다.

"5분 됐어요."

*　　　　*　　　　*

햄스워스는 이번에도 납득하고 물러났다. 하기야 이번엔 제대로 된 기삿거리를 챙겼으니 불만도 없을 터였다.

그를 보내고 라커룸으로 돌아가던 민혁의 귀에, 어딘가 익숙한 목소리가 들려왔다.

"너 이놈, 잠깐 얘기 좀 하자."

"음?"

고개를 돌린 민혁은 뜻밖의 사람을 발견했다.

"퍼거슨 영감님?"

"우리 팀 이겨먹으니까 좋냐?"

"좋죠."

퍼거슨은 주먹을 꽉 쥔 채 부들부들 떨며 말했다.

"그렇게 오라고 해도 안 오더니, 결국 우리 팀에 비수를 꽂는구나."

민혁은 오래전의 일을 떠올렸다. 유스 시절 두 달이 멀다 하고 날아왔던 맨체스터 유나이티드의 문의서가 머릿속에 그려지는 느낌이었다.

어깨를 으쓱한 민혁은 입을 열었다.

"지고 싶지 않으셨으면 호날두를 보내지 마셨어야죠."

"나라고 보내고 싶어서 보냈겠냐!"

퍼거슨은 얼굴을 붉게 물들이며 고함을 질렀다. 생각하면 할수록 속이 터지는 느낌이었다.

애써 흥분을 가라앉힌 그는 숨을 길게 내쉰 후 민혁에게 물었다.

"지금도 맨유에 올 생각은 없는 거지?"

"네."

"왜지? 아스날은 주급도 적게 줄 텐데?"

민혁은 웃기만 했다. 투자한 회사가 상장하기만 하면 당신네 구단주보다 돈이 많아진다고 할 수는 없어서였다.

퍼거슨은 잠깐 입을 들썩이다 제안을 꺼냈다.

"재계약해서 10만씩 받지?"

"네."

"맨유로 이적하면 18만 파운드 주마."

민혁은 놀란 표정으로 퍼거슨을 보았다. 그 애지중지하던 호날두에게 주던 주급이 12만 파운드였음을 생각해 보면, 퍼거슨으로서는 엄청난 제안을 건넨 셈이었다.

하지만 놀라움은 길지 않았다.

'아, 하긴 그럴 법하네.'

민혁은 곧 평정심을 찾았다. 이유를 짐작할 수 있어서였다.

2009–10 시즌 현재, 프리미어리그에서 진지하게 우승을 노릴 수 있는 팀은 아스날과 맨체스터 유나이티드, 그리고 첼시의 3팀이었다.

민혁에게 주급 18만 파운드를 주더라도, 아스날을 우승 경쟁에서 떨궈 버린다면 남는 장사였다.

거기까지 판단을 끝낸 민혁은 고개를 살짝 젓곤 퍼거슨을 바라보며 입을 열었다.

"이거 불법 접촉 아니에요?"

"그래서?"

그는 그게 뭐 어쨌느냐는 표정으로 민혁을 보았다. 잉글랜드 축구계에서 자신이 가지는 권위가 FA의 권위보다 크니, 명백한 증거가 없으면 뭐라고 하지 못할 거라 자신하는 듯한 표정이었다.

피식 웃은 민혁은 진지한 표정을 가장하며 말했다.

"180만 파운드 주면 생각해 볼게요."

퍼거슨은 다시 한번 부르르 떨었다. 저건 절대 가지 않겠다는 말이기 때문이었다.

그는 그대로 몸을 돌려 자리를 떴다. 더 이야기를 했다간 혈압이 올라 쓰러질 것만 같아서였다.

사라지는 퍼거슨을 보다 고개를 돌린 민혁은 또 한 번 뜻밖의 사람을 발견했다. 파브레가스였다.

"퍼거슨이랑 무슨 이야기 했어?"

"복도에서 피자 던진 놈 누구냐고 물어보더라."

2004년 10월, 퍼거슨은 경기장 복도에서 난데없는 봉변을 당한 적이 있었다. 아스날 선수들이 몰려 있는 곳에서 날아온 피자에 얻어맞아 얼굴이 치즈 범벅이 되었던 사건이었다.

범인은 바로 파브레가스였다.

파브레가스는 눈썹을 꿈틀하며 퍼거슨을 바라보다 입을 열었다.

"겨우 그거 물어보려고 붙잡은 거야?"

"농담이고. 맨유로 올 생각 없냐더라고."

"맨유로?"

민혁은 고개를 끄덕인 후 말을 이었다.

"유스에서 뛸 때부터 오퍼는 계속 들어왔었으니까. 아스날 주전 된 후로는 문의 온 적도 없지만."

"조건은 어땠는데?"

"주급 18만 파운드 줄 테니까 오라더라."

파브레가스는 입을 쩍 벌렸다. 그 역시 그 금액에 놀란 것 같았다.

"18만?"

"응."

"그만하면 좀 흔들리지 않아?"

민혁은 피식 웃고는 질문에 답했다.

"돈을 보고 갔으면 예전에 첼시로 갔지. 거기다 맨유가 우리보다 나은 건 수비진밖에 없잖아. 미드필더는 우리가 훨씬 더 낫고."

호날두가 아직 맨유에 있고 반 페르시가 심심하면 드러눕던 지난 시즌이라면 모를까, 이번 시즌의 전력은 아스날이 맨유보다 살짝 앞섰다.

아직도 자주 드러눕는 로시츠키와 나스리가 번갈아 보는 왼쪽 윙이 약간 부실한 느낌은 있지만, 민혁과 파브레가스가 버티고 플라미니와 송이 받쳐주는 중앙은 프리미어리그의 그 어느 팀보다 강했기 때문이었다.

'뭐… 베일이 나아서 적응을 하면 왼쪽 윙도 강해지겠지.'

민혁은 한참 재활 중인 베일을 떠올렸다. 자신이 회귀하기 전에도 재활을 마치고 윙으로 올라오자마자 경기력이 폭발했던 베일이니만큼, 경기에 나서기만 하면 금방 제2의 호날두 소리를 들을 수 있을 거라는 기대도 있었다.

그렇게 된다면, 아마도 토트넘에서는 아픈 배를 붙잡고 뒹굴지 않을까.

"그건 꼭 보고 싶은데."

민혁은 기대가 섞인 표정으로 중얼거렸다. 그만큼 회귀 전에 보았던 베일이 뇌리에 깊이 각인되어 있었기 때문이었다.

그로부터 2주 후.

한국에서 A매치를 치르고 돌아온 민혁은 맨체스터 시티의 홈구장, 시티 오브 맨체스터 스타디움 앞에서 분노한 팬들의 표정을 보며 고개를 저었다.

*　　*　　*

맨체스터 시티의 홈구장은 빈 좌석을 찾을 수 없을 만큼 가득 차 있었다. 70% 이상이 홈팀인 맨체스터 시티의 팬들이었고, 30% 정도를 차지한 아스날의 팬들은 프리미어리그에서 가장 신사다운 팬들이란 평가에 맞지 않는 모습을 보이고 있었다.

그 이유는 명백했다. 데일리 메일에서 나온 아데바요르의 인터뷰 때문이었다.

'긁어 부스럼이었구나.'

민혁은 한숨을 쉬며 고개를 저었다. 자신과 인터뷰를 끝낸 햄스워스가 아데바요르를 찾아가 인터뷰를 한 것까지는 좋았는데, 거기서 아데바요르가 도발적인 말을 한 게 문제를 키웠을 터였다.

하기야 데일리 메일에서 나온 기사니 아데바요르의 말이 왜곡되었을 가능성이 99%였지만, 분노한 팬들이 그런 것까지 신경을 쓸 것 같진 않았다.

"오늘 장난 아닌데?"

"그러게."

반 페르시는 그답지 않게 긴장하고 있었다. 만약 이 경기에서 아데바요르에게 결승골이라도 얻어맞았다가는 팬들이 폭도로 변해 버릴 것 같은 느낌이었다.

옆에 있던 사냐도 몸을 떨었다. 경기장에 들어올 때 팬에게 협박 비슷한 소리를 들었기 때문이었다.

"들어올 때 누가 그러더라. 이번에 지면 경기장에서 아스날 팬들이 집단 투신하는 꼴을 보게 될 거라고."

그 말을 들은 민혁은 피식 웃고는 입을 열었다.

"이기면 되지."

"너 요즘 분위기 좋다 이거야?"

"응."

민혁은 웃으며 답한 후 경기장을 바라보고 말을 이었다.

"방심만 안 하면 질 경기는 아니지. 나랑 세스크가 프리미어 최고잖아. 안 그래?"

"난?"

"유리 몸이나 낫고 말해."

반 페르시는 미간을 찌푸렸다. 그래도 많이 건강해졌는데 왜 그러냐는 듯한 반응이었다.

"아무튼 시티도 만만치는 않아. 그러니까 방심하지 말자고."

민혁의 말은 모든 선수들의 공감을 끌어냈다. 얼마 전까지만 해도 중하위권과 2부 리그를 오가던 맨체스터 시티였지만, 어마어마한 돈을 쏟아부은 맨체스터 시티는 이제 빅4를 위협하는 구단으로 성장해 있었다.

지난 시즌 초까지만 해도 엄청난 활약을 보였던 호빙요가 슬럼프에 빠지긴 했지만, 맨체스터 유나이티드의 주포였던 카를로스 테베즈와 아스날의 주포였던 엠마누엘 아데바요르를 내세운 공격진은 프리미어리그에서도 톱클래스라는 평가를 받고 있었다.

선수들이 이야기를 나누는 사이, 라커룸으로 들어온 벵거가 입을 열었다.

"준비는 잘하고 있나?"

"네!"

"선발 명단은 이전에 고지한 그대로 간다."

오늘 선발 명단엔 디아비가 포함되어 있었다. 플라미니나송 대신 디아비를 넣었다는 건, 공격진에 비해 취약하다는 평가를 받는 맨체스터 시티의 수비진을 적극적으로 공략하겠다는 이야기였다.

몇 가지 요구를 추가한 벵거는 선수들을 이끌고 복도로 나섰다. 경기에 나설 시간이었다.

그라운드로 향하는 복도에서, 민혁은 아데바요르를 발견하고 입을 열었다.

"데일리 메일에서 기사 이상하게 냈더라."

"어쩔 수 없지. 데일리 메일이니까."

아데바요르는 기사에 별로 신경을 쓰지 않는 것 같았다. 잉글랜드로 온 이후 언론에 하도 시달린 탓에 단련이 되어 있는 모양이었다.

하지만 그것도 오래가지 못했다.

경기 시작 직전까지 웃으며 이야기를 나눴던 아데바요르는 아스날 팬들의 반응에 불쾌하다는 기색을 드러내었다. 그래도 그동안 아스날에 헌신해 온 자신에게 어떻게 저럴 수 있느냐고 생각하고 있는 것 같았다.

아스날 팬들은 전반전 내내 아데바요르가 공을 잡으면 야유를 퍼부었다. 캐쉬데바요르라는 단어도 간간이 나오고 있었는데, 애슐리 콜에게 캐슐리 콜이라는 별명을 붙인 것과 비슷한 야유였다.

분노한 아데바요르는 후반 4분 만에 젖 먹던 힘까지 끌어내어 골을 넣었다. 벨라미가 올린 공을 공중에서 꽂아 넣는 다이빙헤딩이었다.

골을 넣은 아데바요르는 80m나 역주행으로 아스날 원정석까지 달려가 세리머니를 펼쳤다. 단순한 다이빙이었던 회귀 전과 달리 큰절까지 포함된 세리머니였다.

'맙소사.'

민혁은 그만 손으로 얼굴을 가렸다. 회귀 전에 보았던 장면이 업그레이드되어 나타난 게 아닌가.

—아스날 팬들, 아데바요르 선수에게 엄청난 야유를 퍼붓고 있습니다. 물병도 경기장에 날아드네요.

—아, 이거 좋지 않아요. 그래도 한때 몸을 담았던 친정 팀과 선수 아닙니까? 어떻게 이렇게까지 어긋날 수가 있는 걸까요.

—보는 저희들로서는 웃음이 나오는 모습이지만 당사자들은 엄청나게 심각하겠죠.

중계진은 웃음을 가까스로 참고 중계를 이어갔다.

이어진 경기도 치열하긴 마찬가지였다.

맨체스터 시티는 공격의 고삐를 늦추지 않았다. 무승부 제조기로 유명한 마크 휴즈는 어떻게든 승리를 따내고 싶어 하는 기색이 역력했지만, 아스날을 상대로 리드를 잡았기에 흥분한 선수들이 지시를 따르지 않는 것 같았다.

그런 흐름은 아스날에게 기회를 제공해 주었다.

디아비는 검은 지단이라는 별명에 맞는 탈압박을 보이며 민혁에게 공을 넘겼다. 건강하기만 하다면 아스날의 에이스에 도전해 볼 수 있는 선수임을 보여주는 움직임이었다.

공을 받은 민혁은 투레와 사발레타 사이를 뚫고 패스를 넣었다. 패스를 받은 반 페르시는 지체 없이 뒤쪽 빈 공간으로 짧은 패스를 보냈고, 그 공은 한 선수의 발에 맞아 골망을 흔들었다. 중앙으로 침투한 파브레가스의 득점이었다.

—아스날, 1 대 1을 만듭니다! 파브레가스의 득점포!

—반 페르시 선수가 잘 내줬어요. 수비에게서 완전히 자유로운 선수는 막 침투한 파브레가스 한 명뿐이었죠.

—그렇습니다. 맨체스터 시티 수비수들은 반 페르시 선수와 윤민혁 선수, 그리고 아르샤빈 선수에게 너무 집중했어요. 2선에서 침투하는 선수에게도 주의를 했어야 합니다.

중계진은 조금 전의 상황을 간단히 요약했다. 민혁과 아르샤빈이 양쪽 측면으로 선수들을 끌어내고, 마지막으로 남은 센터백이 반 페르시를 막아서는 사이 침투한 파브레가스가 뻥 뚫린 공간을 공략했다는 설명이었다.

—마크 휴즈 감독 머리를 감싸 쥡니다. 드디어 빅4 팀과의 대결에서 이기나 했는데요.

—하지만 아직 시간 많이 남았습니다. 맨체스터 시티의 공격력이라면 다시 한 골을 넣을 수도 있겠죠.

—아스날의 공격력이 더 강하다는 게 문제 아닐까요?

—저희로서는 좋은 일이죠.

KBC 중계진은 사심을 밝혔다. 한국인인 민혁이 있는 아스날이 이기는 게 시청률 확보에 좋다는 뜻이었다.

그들이 그렇게 사심을 털어놓을 때, 아스날에 한 번 더 기회가 찾아왔다.

* * *

맨체스터 시티와의 경기는 난타전 끝에 3 대 3 무승부를 거뒀다. 후반 40분까지 아스날이 3 대 2라는 스코어로 이기고 있었지만, '지고 있을 때 가장 믿음직한 감독 마크 휴즈'는 특유의 무승부 본능을 발휘한 교체로 1골을 만회해 승점을 챙긴 것이다.

그 아쉬움을 뒤로한 아스날은 다시 리그에 발동을 걸었다.

그로부터 두 달 반이 지난 2009년 11월 30일.

아스날은 승점 34점으로 리그 1위를 달리고 있었다. 13경기 11승 1무 1패라는 압도적인 성적이었다.

거기엔 민혁의 활약이 컸다.

민혁은 리그 12경기에 나서서 8개의 골과 11개의 어시스트를 기록한 상태였다. 지난 시즌에 세웠던 프리미어리그 최다 어시스트 기록인 21개는 당연히 깨지리란 분위기였고, 어쩌면 앙리가 세운 24골 20어시스트를 넘길지도 모른다는 이야기도 돌고 있었다.

거기에 로빈 반 페르시는 13라운드가 끝난 현재 리그에서만 15골 1어시스트를 기록하고 있었으며, 파브레가스도 6개의 골과 9개의 어시스트를 기록하고 있었다.

그 세 선수의 공격포인트만 합쳐도 무려 50개였으니, 아스날이 1위가 아닌 게 오히려 이상할 터였다.

"올해 우승하겠지?"

"당연하지."

민혁은 월콧의 질문에 답하곤 고개를 돌려 다른 선수들을 바라보았다. 혹시 우승을 의심하는 사람이 있느냐는 듯한 시선이었다.

부정적인 반응을 보이는 사람은 아무도 없었다. 모두들 자신감에 가득 차 있다는 이야기였다.

"이러다 우리 팀에서 발롱도르 수상자 나오는 거 아냐?"

플라미니는 기대에 찬 표정으로 말했다.

얼마 전 발표된 발롱도르 후보 30인엔 아스날 선수가 네 명이나 포함되어 있었다. 민혁과 세스크 파브레가스, 그리고 로빈 반 페르시와 안드레이 아르샤빈이었다.

"글쎄… 바르셀로나가 너무 세잖아. 스페인 클럽 최초 트레블에 6관왕이던가?"

"이번 시즌만 보면 우리 페이스가 더 좋지 않아?"

"아니, 바르셀로나 지금 시즌 무패야."

"그래?"

바르셀로나는 리그에서 12경기를 치렀고, 9승 3무라는 성적을 거두고 있었다. 이번 시즌 영입된 즐라탄 이브라히모비치와 리오넬 메시가 이끄는 공격진을 중심으로 30개의 골을 합작한 덕분이었다.

"골은 우리가 더 많이 넣지 않았나?"

"그래 봐야 지난 시즌에 걔들이 너무 잘나갔어. 맞대결이라도 해서 꺾어버리면 모르겠는데……."

"그럼 이번 시즌에 챔스에서 꺾으면 되겠네."

"올해는 이미 다 끝났어. 맞대결은 내년에나 가능하다고."

아스날 라커룸은 여유가 넘쳤다. 이번 경기에 대한 걱정은 전혀 하지 않고 있는 것 같았다.

그들의 자신감은 이어진 경기의 결과로 증명되었다.

—아스날, 이번 경기에서도 승리를 챙겨 갑니다. 스코어는 무려 5 대 1. 그야말로 엄청난 화력이라 하지 않을 수 없습니다.

아스날은 후보 위주의 라인업을 내고도 대승을 챙겼다. 아르샤빈과 월콧이 각각 두 골씩 넣었고, 미드필더로 투입된 램지가 한 골을 넣었다. 민혁이나 파브레가스가 나갈 필요도 없었던 경기였다.

"월콧도 요즘 분위기 좋네."

"상승세 타면 무섭잖아. 게다가 빠르고."

"램지도 괜찮더라. 경험이 좀 쌓이면 램파드처럼 될지도 몰라."

"…그건 좀 무리지."

민혁은 회귀 전의 기억을 떠올리며 말했다. 2013—14 시즌의 슈퍼 램지는 분명 램파드에 근접한 활약을 보였었지만, 그 다음 시즌에 햄스트링 부상을 당하면서 거짓말처럼 초기화가 되었다는 기억이 있어서였다.

"아니야, 난 진짜 가끔 무섭다니까."

"뭐가?"

"램지가 날 밀어낼지도 모르잖아."

민혁은 파브레가스를 보고는 피식 웃었다. 립 서비스가 과해도 너무 과하다는 느낌이었다.

그렇게 이어지던 대화를 끝내고 라커룸을 나서던 민혁은

허둥대는 모아시르를 발견하곤 고개를 갸웃했다.

볼튼 임대를 준비 중인 월셔를 챙기고 있어야 할 사람이 여기에 와서 뭘 하고 있단 말인가.

"지금 뭐 해요?"

"유, 윤, 소식 들었어?"

"소식요?"

모아시르는 몇 번이나 입을 벙긋거렸다. 뭔가 말을 꺼내고는 싶은데 말이 잘 나오지 않는 듯한 모습이었다.

민혁은 이해를 못 하겠다는 표정으로 그에게 물었다.

"왜 그렇게 흥분했어요?

모아시르는 한참이나 허우적대다, 가까스로 민혁의 어깨를 붙잡고 입을 열었다.

"너, 너……."

"제가 뭐요?"

민혁은 좀 진정하라는 제스처를 보냈지만, 모아시르는 그 후로도 한참을 버벅인 끝에야 간신히 말을 이었다.

"너, 발롱도르 최종 후보 3인이래."

*　　　*　　　*

2009년 12월 7일.

민혁은 긴장에 휩싸여 옷깃을 매만졌다. 오랜만에 입는 양복이 이다지도 어색하게 느껴지는 건, 아마도 이 장소가 2009 발롱도르 시상식장이기 때문일 터였다.

시상식장을 가득 채운 기자들은 발표자의 입만 바라보고 있었다. 그들을 따라온 카메라맨들은 의자에 앉은 세 사람의 얼굴을 살피고 있었는데, 발표 순간 변화할 그들의 표정을 찍으려고 하는 것 같았다.

그로부터 얼마 후. 모두가 기다리던 순간이 왔다.

"올해의 발롱도르 수상자는……."

민혁은 손에 땀을 쥐고 진행자를 바라보았다. 최종 후보에 오른 것만으로도 감격스러운 일이었지만, 이왕 여기까지 왔으니 수상자가 되고 싶다는 열망도 눈가에 맺혔다.

카드를 힐끗 본 진행자는 힘차게 외쳤다.

"리오넬 메시!"

"아……."

민혁은 허탈함을 느끼며 가슴을 눌렀다. 옆에 앉은 호날두는 주먹을 꽉 쥔 채 부르르 떨다, 어색하게 웃으며 메시에게 다가가 그를 끌어안았다.

하지만 민혁은 알 수 있었다.

호날두 역시 자신과 같은 심정이라는 걸.

"…축하해."

민혁은 호날두에 이어 메시를 포옹하며 속으로 다짐했다.

'…내년엔 내 거야.'

*　　　*　　　*

리오넬 메시의 득표는 453표. 그리고 민혁의 득표는 226표였다. 민혁이 보인 활약도 대단했지만 6관왕을 이룬 바르셀로나의 에이스를 넘는 건 역시나 무리였다.

이적 초반 부진했던 호날두는 186표로 3위에 랭크되었고, 원래대로였다면 3위를 기록했을 사비는 4위로 밀렸다. 사비가 알았다면 몇 날 며칠을 끙끙 앓았을 일이었다.

괜히 사비에게 미안해진 민혁이 소파에 드러누워 눈을 감고 있을 때, 옆에 두었던 핸드폰이 요란하게 울렸다.

"네, 전화 받았습니다."

—꼬맹아, 수상 축하한다.

"도대체 언제까지 꼬맹이예요."

민혁은 어이없다는 표정으로 답했다. 오랜만에 듣는 토니 아담스의 목소리였지만 꼬맹이란 말에 반가움이 반감된 느낌이었다.

—다음번엔 1위 해라.

"말 안 해도 그럴 거예요."

—너 다음엔 꼭 1위 해야 돼. 안 그러면 아스날은 발롱도르 1위 없이 2위만 세 명이거든.

"데니스는 아약스에서 발롱도르 2위 하고 온 거잖아요. 그러니까 아스날은 두 명이죠."

—아무튼 간에.

토니 아담스는 그 후로도 20여 분을 더 끈 후에야 전화를 끊었다. 하지만 민혁은 그 후로도 계속 전화를 받아야 했는데, 조금이라도 안면이 있다 싶은 사람들이나 신문사, 방송국 관계자들이 끊임없이 전화를 걸었기 때문이었다.

완전히 지쳐 버린 민혁은 아예 핸드폰을 끄려다, 마지막이라는 심정으로 걸려온 전화를 받았다. 최주평에게서 걸려온 전화였다.

—민혁아, 이번에 상 탔다며?

"타기는 탔죠. 2등이라 그렇지."

—야, 2등도 잘한 거야!

민혁은 피식 웃었다. 갑자기 2등으로 유명한 모 프로게이머의 모습이 떠오른 탓이었다.

—참, 이 기자도 축하한대.

—제가 언제요!

핸드폰에선 이아영의 목소리가 들려왔다. 왠지 당황하고 있는 것 같았다.

민혁이 또 실소를 물 때, 최주평이 다시 질문을 던졌다

—아무튼 기분이 어때? 세계에서 두 번째로 축구를 잘한다고 인정받은 거잖아.

“그냥 그래요.”

—왜?

“1등 놓치니까 허무해서요. 내년엔 꼭 발롱도르 타야겠어요.”

민혁은 비어 있는 진열장 한구석을 보며 한숨을 쉬었다. 회귀 전에 보았던 리베리처럼 발롱도르 트로피를 위해 산 장식장은 아니었지만, 만약 수상을 했다면 지지난 시즌 프리미어리그 우승 메달 옆에 트로피가 놓였을 터였다.

—그래, 이번에 월드컵도 있으니까 우승하면 되겠네.

“말은 쉽네요.”

민혁은 웃었다. 하지만 막상 생각하자 못 할 것도 없어 보였다. 비록 2002 멤버들은 다들 은퇴를 하거나 은퇴를 앞두고 있는 상황이지만, 회귀 전에도 16강까지는 갔던 팀이 아닌가.

—왜 인마, 우리나라도 발롱도르 2위 수상자 덕 좀 봐야지.

“노력해 볼게요.”

민혁은 조금 더 통화를 이어가다 전화를 내려놓았다. 슬슬 훈련에 나가야 할 시간이었다.

다음 상대는 빅4 탈락이 유력해 보이는 리버풀이었다.

경기 당일, 한참 무너져 가는 중이던 리버풀은 아스날의 기세를 막지 못했다.

발롱도르를 놓친 민혁은 그 아쉬움을 털어내기라도 하려는 것처럼 리버풀을 맹렬히 공격했다. 비록 공격포인트는 하나밖에 기록하지 못한 민혁이었지만, BBC와 스카이스포츠를 비롯한 언론은 민혁에게 평점 10점을 매겨 민혁이 경기를 지배했음을 인정했다.

경기가 끝난 후, 아르센 벵거는 민혁과 파브레가스를 데리고 인터뷰 장소에 나왔다.

"더 피플의 제레미 홉킨슨입니다. 윤민혁 선수께 질문을 드리고 싶은데요. 올해 레알 마드리드의 회장으로 복귀한 플로렌티노 페레즈가 얼마 전 인터뷰를 통해 윤민혁 선수의 영입을 이번 겨울에 재개하겠다는 뜻을 밝혔습니다. 어떻게 생각하시죠?"

"안 가요."

제레미 홉킨스는 난처해하며 말을 이었다.

"좀 더 구체적으로 말씀해 주실 수 없나요? 최소한 이유라도……."

"아스날이 레알보다 못할 게 있나요?"

민혁은 이해를 못 하겠다는 표정으로 말했다. 비록 역사라는 측면에서는 레알이 앞서는 게 사실이지만, 현 상태의 아스날은 레알보다 못할 게 없다고 확신하는 듯한 모습이었다.

제레미 홉킨스는 주급에 대해 지적했고, 민혁은 고개를 젓고는 말을 이었다.

"이전에도 몇 번이나 밝혀왔지만, 주급을 많이 받길 원했으면 몇 년 전에 첼시로 갔어요."

벵거는 매우 흡족한 표정을 지어 보였다. 첼시와 맨유가 고액의 주급으로 유혹함에도 흔들리지 않는 민혁에게 약간은 감동도 하는 것 같았다.

"안녕하세요. 데일리 스타의 리처드 조이스입니다. 저는 이번 경기에 대해 감독님께 질문을 드리고 싶은데요. 아시겠지만 상대인 리버풀은 이번 시즌에 급격한 하락세를 보이고 있는 클럽입니다. 그런 상대에게 두 골이나 내어 주었다는 건 수비진에 문제가 있다는 뜻 아닐까요?"

"그렇지 않습니다."

벵거는 담담한 표정으로 질문에 답했다.

"이번 시즌 우리에게 수비진이 취약하다는 지적이 많이 나옵니다. 물론 비에이라와 프티가 있고 아담스와 투레가 있던 시절보다야 취약하겠죠. 하지만 15라운드 현재, 아스날의 실점은 겨우 11개입니다. 경기당 한 골 이하만 허용했단 뜻이죠."

"하지만 그건 아스날의 공격력이 워낙 강하기 때문 아닌가요?"

붉은 머리의 기자는 그 점을 지적했다. 상대를 워낙 강하게 몰아친 탓에 공격을 받는 빈도가 줄어서 그런 결과가 나타났을 뿐, 수비진이 강한 건 아니지 않느냐는 질문이었다.

벵거는 입을 삐죽이며 어깨를 으쓱하고는 입을 열었다.

"일리가 있는 지적입니다. 하지만 우리가 상대를 몰아붙이더라도 수비가 약하면 역습 한 번에 무너지는 게 축구라는 스포츠입니다. 그럼에도 이런 성적을 기록하고 있다는 건 수비가 약하지 않다는 증거겠죠."

"비야레알의 디에고 고딘에게 몇 번이나 오퍼를 넣으셨다는 이야기가 있습니다. 수비진 보강을 하시려는 거 아닌가요?"

"디에고 고딘? 그게 누구죠?"

벵거는 아예 눈까지 동그랗게 뜨고 말했다. 기자들을 멈칫하게 만드는 모습이었다.

민혁은 속으로 혀를 내둘렀다.

'배우 뺨치네.'

수비진 보강에 대한 질문은 거기서 끝났고, 그 후의 질문은 대부분 민혁에게 고정되었다. 간간이 파브레가스에게 질문을 던지는 사람도 있었지만, 스무 개가 넘게 날아온 질문 중에서 그에게 던져진 질문은 세 개에 불과했다. 파브레가스로서는 묘한 소외감을 느끼게 하는 상황이었다.

"질문은 이제 하나만 받도록 하겠습니다. 아직 질문 안 하신 기자분 있나요?"

벵거의 말이 끝나자마자 맨 마지막 줄에 있던 기자가 손을 번쩍 들었다.

"데일리 메일의 햄스워스입니다. 파브레가스 선수에게 질문이 있는데요."

파브레가스는 고개를 들고 그를 보았다. 마지막 질문이 자신을 향했다는 데에 왠지 기뻐하고 있는 것 같았다.

햄스워스는 수첩을 들며 말을 이었다.

"얼마 전, 바르셀로나의 사비 에르난데스 선수가 파브레가스 선수에 대해 이런 말을 했죠. '파브레가스에겐 바르셀로나의 DNA가 흐르고 있다'라는 내용이었는데, 여기에 동의하십니까?"

"어, 음……."

파브레가스는 머뭇거리다 숨을 한 번 내쉬곤 질문에 답했다.

"바르셀로나는 제 고향이고, 제가 어린 시절 축구를 배우고 동경하던 선수들이 뛰던 클럽입니다. 특히 감독인 펩은 제 우상이었죠. 바르셀로나의 DNA가 있다는 말도 틀리지는 않을 겁니다."

"그럼 바르셀로나로 이적할 수도 있다는 이야긴가요?"

"지금 전 아스날에 만족합니다. 바르셀로나가 제1의 고향이라면 아스날은 제2의 고향이니까요."

기자들은 왠지 실망한 표정을 지었다. 여기서 핵폭탄이 터지기를 바라고 있었던 것 같았다.

그 대답을 들은 더 피플의 제레미 홉킨스가 재빨리 질문을 추가했다.

"무슨 일이 있어도 바르셀로나에 가지는 않겠다는 건가요?"

파브레가스는 담담히 말했다.

"아스날이 납득하는 오퍼가 온다면 갈 수도 있겠죠."

*　*　*

파브레가스의 인터뷰는 잉글랜드와 스페인을 들썩여 놓았다. 전면적인 부정이 아닌, 부분적인 긍정을 담은 내용이기 때문이었다.

그것은 스페인 일간지 엘-문도의 기사로도 드러나고 있었다.

〈아스날의 프란세스크 파브레가스, 바르셀로나로 돌아올 가능성 있다〉

[바르셀로나가 오랫동안 꿈꿔왔던 일이 현실로 다가올 가능성

이 생겼다. 그동안 이적설을 전면적으로 부인하던 아스날의 파브레가스가 조건부 긍정을 표명한 것이다.

아스날의 주장 프란세스크 파브레가스는 잉글리쉬 프리미어리그 15라운드, 리버풀 원정전이 끝나고 이루어진 인터뷰에서 '내게는 바르셀로나의 DNA가 흐르고 있다. 아스날 생활에 만족하지만 아스날이 납득하는 오퍼가 온다면 바르셀로나로 이적할 수도 있다'라는 이야기를 꺼내 바르셀로나의 팬들에게 기대감을 주었다.

그럼에도 불구하고, 바르셀로나가 파브레가스를 데려오는 건 쉽지 않아 보인다. 아스날이 파브레가스에 대해 NFS(Not for Sale)을 선언했기 때문이다.

이러한 아스날의 결심을 깨려면 최소 6,000만 유로, 파운드는 약 5,000만에 달하는 금액을 제시해야 한다는 게 전문가들의 분석이다.

즐라탄 이브라히모비치와 드미트로 치그린스키의 영입에 거액을 투자한 바르셀로나가 감당하기엔 어려운 금액이며, 이로 인해 파브레가스의 영입은 없을 거라고 생각하는 전문가도 많다.

그러나 바르셀로나의 보드진은 파브레가스의 영입을 자신하고 있으며…….]

스마트폰으로 한국어판 기사를 본 민혁은 미간을 좁힌 채 고개를 들었다. 시선은 파브레가스가 있는 방향이었다.

"왜 인터뷰를 그렇게 했어?"

파브레가스는 어깨를 으쓱했다. 생각나는 대로 말했을 뿐이라고 항변하고 있는 것 같았다.

"이적하려고?"

"글쎄."

파브레가스는 웃으며 말을 이었다.

"다음 경기 준비나 하자."

* * *

2010년 1월 4일. 아스날에 낭보가 전달되었다.

아스날은 두 명의 수준급 센터백을 보강했다. 한 명은 과거 아스날에서 뛰었던 솔 캠벨이었고, 다른 한 명은 몇 번이나 퇴짜를 맞았던 디에고 고딘이었다. 비야레알이 강등권 근처까지 쳐지면서 마음이 떠버린 그를 1,200만 파운드의 이적료와 요한 주루 임대라는 방식으로 영입한 것이다.

동시에, 아스날에서도 몇 명의 선수가 떠났다.

아직 아스날에 남아 있던 미나기타 히사토는 잭 윌셔와 함께 볼튼으로 임대를 갔다. 미나기타는 완전 이적 조항을 달아 임대를 갔는데, 아스날에서 4선발과 컵 대회를 배회하는 것보다는 하위권 팀인 볼튼 원더러스에 뿌리를 내리는 게 좋을지도 몰랐다.

하지만 그는 그렇게 생각하지 않는 것 같았다.

“다음 시즌에 보자.”

“그냥 볼튼으로 이적하지 그래?”

“아스날에서 주전 꼭 차지할 거야.”

그는 아직도 민혁에게 경쟁심을 느끼고 있었다. 아직 프리미어리그에 적응을 제대로 하지 못해서 주전을 차지하지 못했을 뿐, 적응만 끝나면 아스날 주전도 가능하다고 믿는 것 같았다.

하기야 능력이 아예 없는 선수는 아니었다. 솔 캠벨과 고딘이 오기 전까지만 해도 아스날 3번째 센터백 자리를 두고 경쟁을 벌이고 있었으니까.

“일단 거기 가서 잘해. 그래야 다음을 생각할 거 아냐?”

미나기타는 입을 삐죽이며 고개를 돌렸다. 마음엔 안 들어도 반박할 수는 없어서였다.

선수를 영입하고 떠나보낸 아스날은 혼란스러운 상황에서도 또다시 승리를 챙겼다. 리그에서는 에버튼을 상대로 3 대 1 승리를 따냈고, 원래대로였다면 올라가지 못했을 칼링 컵 4강 1차전에서도 3 대 0이라는 스코어로 승리를 얻어내었다.

그 과정에서, 디에고 고딘은 과연 월드 클래스의 재목이라는 걸 완벽히 입증했다. 맨체스터 유나이티드를 상대한 칼링 컵 4강 1차전에서 선제 헤딩골로 이적 첫 골을 신고하더니, 골이나 다름없던 슛을 두 개나 막아내며 맨 오브 더 매치에 꼽힌 것이다.

벵거는 굉장히 만족한 표정으로 박수를 쳤다. 상대 팀이 맨체스터 유나이티드라는 점이 그를 더욱 기쁘게 하고 있었다.

하지만 모두가 웃을 수는 없었다.

디아비는 칼링 컵에서 또 한 번 드러누웠다. 그나마 장기 부상이 아닌 게 다행이긴 했지만, 나름 신경을 써서 케어를 했는데도 잔부상이 좀처럼 끊이지 않았다. 정말이지 독일로 보내 볼파르트 박사에게 정밀 진단을 받게 하고 싶은 심정이었다.

그리고 또 한 명.

시즌 초에 복귀했던 에두아르도는 좀처럼 선발 명단에 들지 못했다. 많이 건강해진 반 페르시가 풀 페르시 모드에 들어간 것도 원인이었지만, 부상으로 인해 감을 완전히 잃은 탓이 커 보였다.

'벤트너한테도 밀릴 정도니 말 다 했지.'

민혁은 고개를 저은 후 에두아르도를 바라보았다. 칼링 컵에서 선발로 지정되면서 의욕을 불태웠던 에두아르도였지만, 안타깝게도 한 골도 넣지 못하고 후반 66분에 교체된 것이다.

그를 대신해 들어간 벤트너가 한 골을 넣었음을 생각해 보면, 에두아르도는 곧 아스날을 떠날 것 같았다.

그들과는 전혀 다른 케이스였지만, 파브레가스의 표정도 왠지 좋지 않았다. 두 골을 넣은 선수라기보다는 자책골로 두 골을 상납한 선수 같은 표정이었다.

그것을 느낀 민혁은 의아한 시선으로 그를 향해 입을 열었다.

"표정이 왜 그래?"

"뭐가?"

"어디 아파?"

파브레가스는 고개를 저었다. 하지만 표정은 별로 펴지지 않았다. 도저히 영문을 모를 느낌이었다.

고개를 갸웃하던 민혁은 설마 하는 생각에 그를 보았다.

'칼링 컵 풀타임이라고 삐진 거야?'

민혁은 가능성 있는 추측을 꺼내보았다. 왠지 정답이 아닐까 싶은 느낌이었다.

한참 우승에 목말라 있던 4스날의 파브레가스라면 우승 가능성이 있는 대회에 몰두하는 게 불만을 느낄 일이 아니었지만, 우승이 당연해진 아스날의 파브레가스라면 비중이 떨어지는 대회에서 풀타임 경기를 한 것에 불만이 생길 가능성도 없진 않았다.

하기야 아예 이해를 못 할 일은 아니었다. 아스날은 칼링 컵을 유망주나 2군 선수들을 점검하는 기회로 활용해 왔고, 그런 경기에 파브레가스 같은 핵심 선수가 나서는 건 보기 드문 일이었다.

우승컵에 목이 마른 시즌이면 모를까, 특별한 문제가 일어나지 않으면 리그 우승이 유력하게 예상되는 이번 시즌이라면 더더욱 납득하기 힘들지도 몰랐다.

비록 4강전에 상대가 맨유였다는 점을 위안으로 삼을 수는 있겠지만, 자신과 함께 핵심으로 꼽히는 민혁은 관중석에서 경기를 편히 보았다는 점을 생각하면 불만이 나오는 것도 납득할 수 있었다.

"야, 그래도 두 골이나 넣었잖아. 그것도 맨유 상대로."

파브레가스의 표정은 그제야 조금 나아졌다. 주전을 총출동시킨 맨유를 상대로 대승을 거두었다는 건, 그리고 그 과정에서 자신이 두 골을 넣었다는 건 분명히 기분 좋은 일이었다.

하지만 그다음 경기인 볼튼 원더러스전에서, 파브레가스는 굳은 표정으로 벤치에 앉아 경기를 보고 있었다.

*　　　*　　　*

바르셀로나는 압도적인 포스를 보이며 무적의 팀이라는 평가를 받고 있었다. 비록 코파 델 레이에서는 세비야에 일격을 당해 16강에서 진격이 멈춰 버렸지만, 21경기 17승 4무라는 성적으로 경쟁 팀 모두를 압도하고 있었기 때문이었다.

비록 코파 델 레이 탈락으로 2시즌 연속 트레블은 불가능해졌지만, 전력만 놓고 보면 트레블을 이뤄내었던 지난 시즌보다 훨씬 더 강하리라는 게 중론이었다.

하지만 바르셀로나의 탐욕은 끝이 없었다. 그들은 이적 시장 내내 집요하게 파브레가스를 노린 언론플레이를 이어나갔고, 분노한 벵거가 마르카와의 인터뷰를 통해 일갈을 날린 후에야 잠시 잦아들었다.

그러나 파브레가스를 향한 바르셀로나의 관심은 끊이지 않았다. 현재의 스쿼드에 유럽 최고의 패스 능력을 가진 파브레가스가 더해지면 역사상 최고의 팀을 만들 수 있으리라는 기대감을 도저히 지울 수 없었던 모양이었다.

그러던 도중, 뜻밖의 사건이 터졌다.

〈파브레가스, 바르셀로나 입성 카운트다운?〉

[FC 바르셀로나의 꿈이 드디어 이루어지는 분위기다.

오랫동안 바르셀로나의 구애를 받아왔던 아스날의 파브레가스가, 바르셀로나의 한 카페에서 FC 바르셀로나의 단장인 치키 베히리스타인과 이야기를 나누는 장면이 목격되었다. 그동안 바르셀로나 이적설을 부인해 오던 것과는 정반대의 행동이다.

바르셀로나 측에서는 '오랜만에 만난 단장과 유소년 출신 선수의 개인적인 만남일 뿐, 이적에 대한 논의를 한 것은 아니다.'라며 일축했지만, 이적 시장이 열려 있는 시기에 단장과 선수가 만났다는 건 충분히 의심할 만한 여지가 보이는 장면이다.

파브레가스의 반응도 이런 의심을 부추기고 있다.

BBC의 한 기자가 밝힌 바에 따르면, 파브레가스는 바르셀로나에서의 만남이 이적 논의는 아니라고 말하면서도 '언젠간 고향 팀에서 뛰게 될 날이 있으리라 믿는다. 어쩌면 그다지 먼 미래가 아닐지도 모른다.'라는 말을 덧붙임으로써 이적을 암시하는 듯한 반응을 보여주었다.

이에 대해 아스날은 상황을 파악 중이라는 말만을 남기고 인터뷰를 끝냈는데, 이런 일련의 흐름에 당황하고 있다는 게 대다수 전문가들의 공통된 의견이다.

만약 파브레가스가 아스날을 떠나게 된다면, 리그 우승을 노리는 아스날로서는…….]

벵거는 입술을 질끈 물었다. 불안불안한 와중에서도 이적을 하지 않겠다는 파브레가스의 말을 믿어오던 그였지만, 이 기사에 동봉된 사진은 파브레가스가 아스날에서 마음이 떠났다는 걸 충분히 드러내고 있었다.

신문을 내려놓은 벵거는 전화기 버튼을 누르고 입을 열었다.

"세스크를 불러주세요."

* * *

연락을 받은 파브레가스는 오래지 않아 감독실로 찾아왔다.

파브레가스의 마음은 아스날에서 상당히 떠나 있었다. 민혁이 없던 본래의 아스날에서는 팀의 주장이며 핵심이라는 책임감에 사로잡혀 있던 파브레가스였지만, 지금의 아스날에선 핵심 선수 중 한 명에 불과했다.

때문에, 그는 아스날에 책임감을 느끼지 않고 있었다.

더구나, 지금의 아스날은 프리미어리그에서 가장 강한 팀으로 꼽혔다. 자신이 나가더라도 리그에서 우승을 다툴 만한 팀임엔 분명하단 뜻이었다.

그렇다면 고향으로 돌아가도 괜찮지 않을까.

그것이 파브레가스의 생각이었다.

그의 표정을 보고 생각을 읽어낸 벵거는 단도직입적으로 본론을 꺼냈다.

"이적을 고려하고 있나?"

"네."

"왜지?"

파브레가스는 머뭇거리며 입을 열었다.

"윤에게 밀리는 느낌이라서요."

"그건……."

벵거는 미간을 좁혔다. 사실 그 역시 그 부분에 대해 생각이 미치고 있었기 때문이었다.

파브레가스와 민혁은 호환이 가능한 선수였다. 둘 모두 기술과 패스가 좋고, 수비력이 좀 부족한 대신 공격력에 있어선 프리미어리그에서 톱클래스를 자랑하는 미드필더였다.

굳이 따지자면 스루패스를 넣는 능력은 파브레가스가, 그리고 그 외의 모든 능력은 민혁이 좀 더 좋았다. 하지만 어시스트는 민혁이 좀 더 많았는데, 모험적인 스루패스보다는 드리블로 수비를 전부 뚫은 후 밀어 넣는 간단한 패스가 골로 이어질 확률이 더 높기 때문이었다.

그런 이유로 인해, 벵거는 다소 밸런스가 필요한 경기에선 민혁과 파브레가스를 번갈아 썼다. 플라미니가 최상의 컨디션을 유지했을 땐 둘을 동시에 쓰는 것을 선호하던 벵거였지만, 최근 플라미니의 스태미나가 떨어지면서 경기의 중요도나 경기 상대에 따라 스쿼드를 자주 바꾸고 있었던 것이다.

"하지만 바르셀로나에 가도 사비의 백업으로 뛰게 될 거다.

차라리 번갈아 주전으로 나오는 지금이 훨씬 더 나을 텐데."

"사비는 곧 은퇴할 거고, 바르셀로나는 제 고향이니까요."

1980년생인 사비는 벌써 30대에 들어서 있었다. 지금도 분명한 월드 클래스의 선수였지만, 2~3년만 지나더라도 체력적인 문제를 느낄 가능성이 높았다.

실제로도 2011-12 시즌부터 체력 문제로 인해 활동량 저하를 드러냈던 사비였고, 지금도 스페인 언론에서는 사비의 대체자를 구해야 한다는 이야기가 계속 나오고 있었다. 파브레가스가 바르셀로나로 간다면 주전 확보는 당연하게 보일 수밖에 없는 상황이었다.

입술을 질끈 깨물고 눈을 감았던 벵거는 한숨을 쉬며 입을 열었다.

"이번 시즌이 끝날 때까지는 남아줄 수 없겠나?"

겨울 이적 시장은 이제 며칠 남지 않았다. 때문에 지금 파브레가스를 바르셀로나로 보내 버리면 대체자를 구하는 건 굉장히 어려울 터였다. 그만한 매물도 없거니와, 설령 있더라도 엄청난 웃돈을 줘야 할 게 뻔하기 때문이었다.

"이적 시장은 이제 겨우 열흘 남았다. 네가 지금 가버리면 아스날은 위험해져."

"…윤은 프리미어리그 최고의 선수죠. 제가 떠나더라도 별 문제 없을 겁니다."

파브레가스는 벵거를 바라보았다. 어차피 자신이 떠나더라도 별로 달라질 게 없지 않느냐고 묻는 듯한 시선이었다.

"아니, 넌 아스날에 꼭 필요한 자원이다. 이렇게 이적해 버리면……."

"그럼 제가 윤보다 낫다는 건가요?"

벵거가 그 말에 대답을 못 하자, 파브레가스는 결심을 굳힌 표정으로 입을 열었다.

"이적하겠습니다."

『인생 2회 차, 축구의 신』 7권에 계속…